3分で読める!
一日の終わりに読むお酒の物語

『このミステリーがすごい!』編集部 編

宝島社
文庫

宝島社

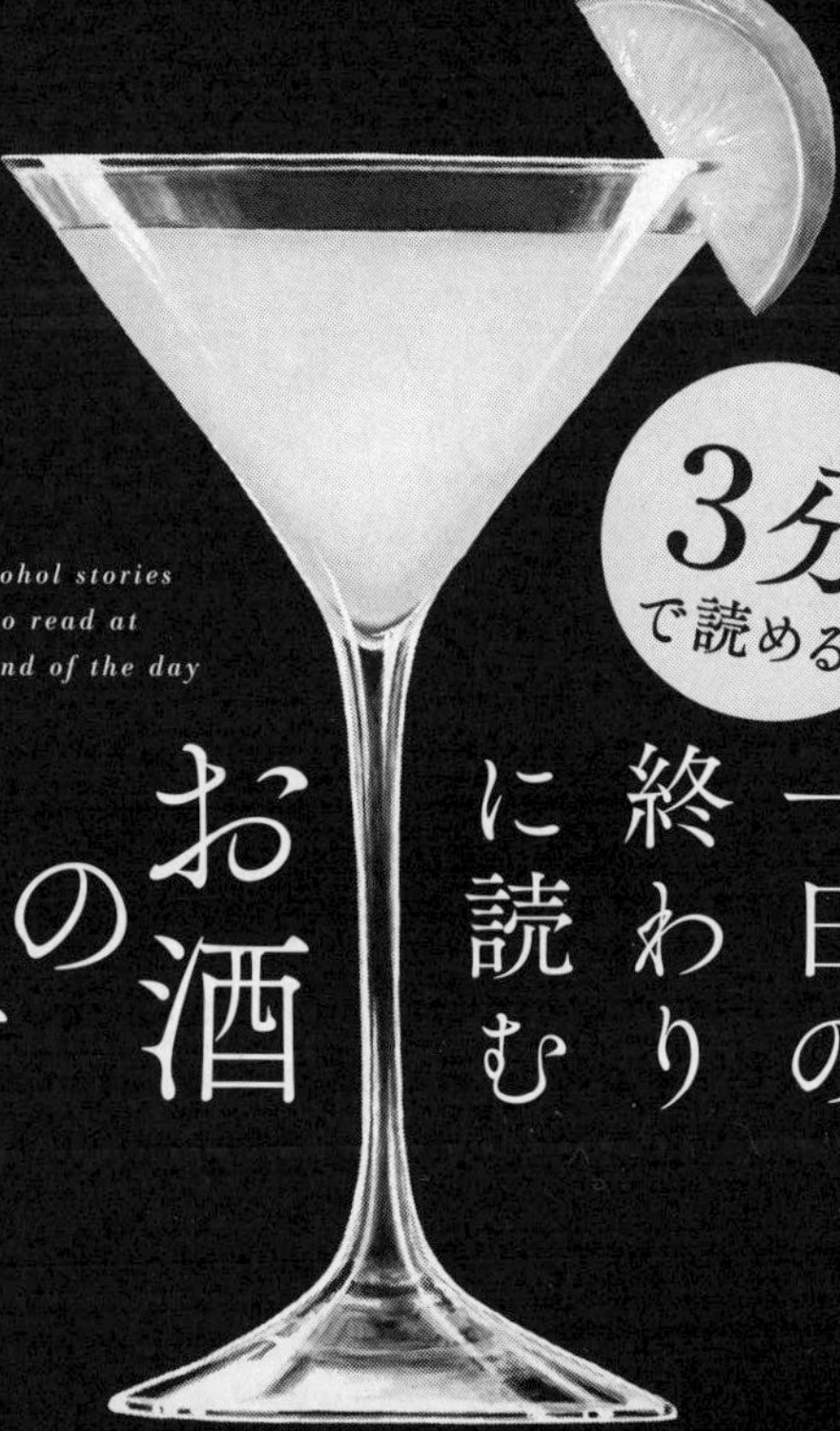

3分で読める!

一日の終わりに読むお酒の物語

alcohol stories to read at the end of the day

『このミステリーがすごい!』編集部 編

宝島社

3分で読める！
一日の終わりに読む
お酒の物語

［目次］

祝杯　佐藤青南

何度か肩を強く揺さぶられ、男はようやく目を開けた。しかし薄く開いたまぶたの奥の瞳は、どこか茫洋《ぼうよう》としている。ゆっくりと周囲に視線を巡らせながら、懸命に自分の置かれた状況を理解しようとしているようだった。

「こんなところで寝てると風邪《かぜ》引くよ」

「すみません。酔っ払って寝ちゃったみたいです」

男はばつが悪そうに髪をかき、おもむろにベンチで上体を起こす。その肩に手を添えて支えながら、私は言った。

「寝るのは家に帰ってからにしなよ。こんなところで眠ったら死ぬよ」

二月の深夜。住宅街の公園には、私たち以外に人の気配はない。肌を斬りつけるような冷たい風が吹き、ダウンジャケットを羽織っていてもその場にじっと立っていることすらできずに足踏みしてしまうのに、男は見ているこちらに震えが来そうなほどの軽装だった。こんなところで眠っていたら、生きて朝を迎えることはできなかっただろう。

「お気遣い痛み入ります」

男は笑いながら顔の前で手刀を立て、立ち上がろうとする。が、自分の体重を支えきれない様子でふらりとよろめいた。

私はとっさに男の腋《わき》の下に手を差し入れる。

「ほら。危ないじゃないか」

「すみません。自分で思ってるより酔っているみたいです」

へへへ、と笑う男の前に、私は背を向けてしゃがみ込んだ。

「おぶさりなさい。家まで連れて行ってあげるから」

「そこまでしていただくわけにはいきません」

「いいから。後で凍死したなんて聞かされたら、こっちだって寝覚めが悪い」

大きく手を振って遠慮する男をなかば強引に背負い、私は歩き出す。そうなると男も観念したらしく、恐縮しながらも「あっちです」と道案内を開始した。

自分の足音と呼吸音、ダウンジャケットの衣擦《きぬず》れだけが響く。

「子どもが、産まれるんです」

ふいに背中のほうから声がして、私は背後に軽く首をひねった。てっきり眠っているとばかり思っていたが、起きていたのか。

「それは……おめでとう」

「ありがとうございます」屈託ない笑い声だった。「今日は、会社の同僚に祝ってもらいました」

「それで飲み過ぎてしまったのかい」

「ええ。家内と一緒になって十年経《た》って、ようやく授かった子なんです。てっきり子を持つことはないものと高を括《くく》っていたものですから、つい浮かれてしまって」

よほど嬉《うれ》しかったらしい。

私は小さく笑みを漏らした後で、意図的に声を低くする。

「ならダメじゃないか。これから人の親になろうという人間が、あんなところで寝ていたら」

「すみません」

「あんたに万が一のことがあったら、奥方だって苦労することになるんだ」

「わかっています」

叱られて気落ちしたのか、男は静かになった。

ぴゅうと口笛のような音をさせながら、つむじ風が吹き抜ける。風が去った後は、やけに静けさが際立った。

「名前は」

気まずさを埋めようと、私は口を開いた。

「名前、ですか。私は——」

違う、と、遮った。

「生まれてくる子の名前だよ。もう考えているのかい」

「ええ」男はもったいつけるような間を置いて、命名案を披露した。

「男だったら豊《ゆたか》、女だったら豊子《とよこ》という名前にしようかと」

「豊、豊子……」

「戦後すぐのころは食糧難で苦労したじゃないですか。子どものころは白米なんてめったに食べられるものじゃなく、麦や芋ばかり食べていた記憶があります。そのせいで、私はいまでも芋は好きではありません」

贅沢《ぜいたく》になったものですと、男は自嘲気味に笑う。

「だから男女どちらにも『豊』という字が入っているのかい」

「はい。子どもにはぜったいにひもじい思いをさせたくないんです」

角を曲がり、足もとを見ながら歩いた。

ふと、頬に冷たい感触が当たる。

見上げるとちらちらと舞う雪が、街灯の光で輝いていた。

「そりゃ寒いわけだ」

私のつぶやきに反応はない。男はまた眠ってしまったようだ。

やれやれ。私は男を背負い直し、ふたたび歩き出した。もとより道案内は必要ない。

角をいくつか曲がり、玄関灯を点《つ》けた一軒家の戸を開けた。

「ただいま」

「おかえりなさい。豊さん」パジャマ姿の妻が居間から出てきた。

「寝てよかったのに」

「お義父《とう》さんの行方《ゆくえ》がわからないのに、眠れないわ」

「親父のほうは呑気《のんき》に眠っていたけどな」

私は身体《からだ》をひねり、父を見せた。規則的な寝息を背中に感じる。

靴を脱ぎ、廊下を進んで襖《ふすま》を開けた。介護用ベッドに父を横たえながら、仏壇に掲げられた母の遺影と目が合う。遅く帰った当時の父に、母はどんな言葉をかけただろうか。ぶつぶつと小言を漏らす母と、気まずそうに口を歪《ゆが》める父。幾度となく目にした夫婦げんかの様子がよみがえって頬が緩む。

「お義父さん、どこにいたの」

「二丁目の公園のベンチ」

「またあそこ？」

「ガキのころ、よく遊んでもらったからな」

私にとってそうであるように、父にとっても思い入れの深い場所のようだ。父の姿が見えなくなったときには、まずあそこを見に行くようにしている。

「子どもが産まれるってさ」

父に布団をかけながら、私は思い出し笑いをした。

「子ども……？」妻が訊《き》き返す。

「ああ。奥さんが妊娠したのを同僚に祝ってもらった帰りに、酔い潰れたらしい。今日の親父は過去に戻っていたみたいだ」

父はふらつきを酒のせいだと思ったようだが、違う。加齢で足腰が弱っただけだ。

「その子どもってもしかして……」

大きく目を見開く妻に、私は頷《うなず》いた。

「おれのことだろう。おれは一人っ子だし」

思いがけず、若かりし日の父との邂逅《かいこう》があった。結婚して十年といっていたから、たぶんいまの私と同じぐらいの年齢だ。

私はキッチンに向かい、冷蔵庫を開けた。ノンアルコールビールの缶を二本取り出し、一本を妻に差し出す。

こんな時間に？　という顔をした妻だったが、なにかを察したのか、笑顔で缶を受け取った。

食卓に妻と向き合って座る。

プルタブを起こし、缶を軽くぶつけ合って乾杯をした。アルコール抜きの炭酸の感触は最初こそ物足りなく感じたものの、すぐに慣れた。意外といける。

もっとも、ノンアルで我慢するのはいまだけだ。その日が来たら、本物のビールで祝杯を上げようと目論《もくろ》んでいる。

「しっかり考えないといけないな」

「なにを?」

顎をかく私に、妻は首をかしげる。

「名前。その子の」

私の名前にこめられた、父の思いを聞いてしまったのだから。

私は妻の膨らんだ腹を見つめ、目を細めた。

毒を食らう　蟬川夏哉

炎上、というものを甘く見ていたのかもしれない。

まさかここまで烈《はげ》しく、執拗《しつよう》に、徹底的に、完全に燃え尽きるものだとは思ってもみなかった。

私が副編集長心得として作っていたWebマガジンは、連載を持っていたサブカル芸能人の異性問題があらぬ方向に飛び火し、活動家が不買運動を繰り広げたことが原因で再起不能なまでに大炎上し、こんがりと焼けてその短い生涯を終えたのだ。

「死にたい」

デスクに突っ伏して私は絶望の呻《うめ》きを漏らした。

はじめて立ち上げから関わってきた媒体が、自分の落ち度ではない理由で消滅することに対して全く気持ちの整理ができない。机の上には来月の特集で使おうと思ってプリントアウトした資料の束と、まだ刷り上がったばかりでほとんど配っていない名刺の束がただそこに在るだけで私の心を抉《えぐ》ってくる。

今の私はアクセス数の伸びないWebマガジンの副編集長心得ではなく、ただの三田村梓《みたむらあずさ》でしかない。肩書もなければ名刺もなく、沙汰を待つだけの存在としてここに在る。

「なんだ、死にかけたハクビシンみたいな顔して」

声をかけてきたのは、編集長の野呂《のろ》先輩だった。社内で知らぬ者のいない女傑でいくつかの部署を掛け持ちしている。

野呂という名字の音から思い浮かぶおっとりとした人物像とは異なり、雄々しく粉砕するようなパワフルさでバリバリ働く頼りになる上司だ。

「……パイセン、せめて死にかけた猫とかになりませんか」

抗議する言葉を無視するように私の頭に右手を乗せてわしゃわしゃと撫《な》で、もう一方の手はスマホで何かを調べている。

「野呂さん、今回の件で……」

言っても詮無いことを口にしようとした私を、パイセンは遮った。

「三田村。どうせ死ぬなら、その前にアレ食って死なないか」

「アレ、とは？」

野呂先輩は麗しのキャリアウーマンが浮かべてはならない迫力の獰猛《どうもう》な笑みを浮かべて、スマホの画面を見せてくる。

「フグの卵巣」


風が気持ちいい。

そういうわけで、私と先輩はレンタカーで北に向けて爆走している。

先輩はセンスが良いので、借りてきたのはポルシェのパナメーラのオープンカーだ。

料金は怖くて聞いていない。

「パイセン、フグの卵巣って、食べても死なないんですかぁ！」

野呂先輩は法定速度が定められていることに対する異議をアクセルの踏み抜き方で表現する種類のドライバーだ。先輩の運転するオープンカーでは、声を張り上げない限り相手に意思を伝えることはできない。

「普通は死ぬ」

「ですよねー！」

フグ毒として知られるテトロドトキシンは内臓、特に卵巣や肝臓などに蓄積する猛毒だ。食べれば運動麻痺《まひ》に知覚異常、自律神経障害が発生して最終的に呼吸困難に陥って、死ぬ。

「これってパイセンも自殺幇助《ほうじょ》にならないんですかぁ！」

「ならない。別に私たちは死ぬためにフグの卵巣を食いに行くわけではない」

私の疑問も忸怩《じくじ》たる思いも希死念慮もぶっ飛ばすように、先輩がアクセルを踏み込んだ。車高の低いポルシェからの視界は、這《は》うように飛んでいる気分になる。

車酔いする体質でなくてよかったと思っている内に車は新潟県に入った。

辿《たど》り着いたスーパーの鮮魚売り場で、先輩はパックを手に取る。

本当に売っていた。値札ラベルには、〝ふぐの子の粕漬《かすづけ》〟と確かに書いてある。握り拳大の表面は灰色がかっているが、本当にこれが食べられるのだろうか。

「フグの卵巣は粕漬けにすることで食べられるようなる」

「どういう仕組みなんですか？」

「それは謎に包まれている」

単に粕漬にするといっても、塩蔵した上で二、三年も漬け込むそうだ。はじめて食べてみた人は蛮勇の持ち主だったに違いない。

途中で酒屋に寄り、野呂先輩の予約したリゾートホテルへ向かう。

簡単なキッチンも付いている部屋で、先輩はまず私に米を研ぐように命じた。

平日夕方のリゾートホテルの一室に、ショリショリと米を研ぐ音だけが響く。

「パイセン」

「ん」

「なんか、すみません」

「何がだ」

「マガジン、潰しちゃって」

「お前が潰したわけじゃない。だが、責任ってのはそういうもんだ」

「……はい」

先輩は米の研ぎ具合を見ると、会話を打ち切るようにして炊飯器に米をセットした。

さすがは米どころ新潟。ホテルの部屋に炊飯器があるのだ。

米が炊き上がるのを待たずに、先輩はさっき酒屋で買った焼酎《しょうちゅう》と、部屋に備え付けてあった湯呑《ゆのみ》を用意した。

「ま、座れ」

女二人が胡坐《あぐら》をかいて、ベッドの上に向かい合って座る。

トクトクトク……と注がれるのは、粕取り焼酎という酒だ。はじめて見る。

「……お疲れ様」

「お疲れ様です」

慣れない酒に恐る恐る口を付け、喉を焼く酒精に噎《む》せ返った。

「げほっ！」

「ははは。四十度くらいあるからな。ゆっくり飲め」

私の醜態を肴《さかな》に、先輩はぐびぐびと正調《せいちょう》粕取り焼酎を飲んでいる。強い。この酒豪っぷりも我が社での先輩の地位を不動にしているものの一つだ。

チン、と音がして、先輩が立ち上がる。

オーブンで炙《あぶ》っていた卵巣の粕漬が、いい具合になって目の前に現れた。

「……ほんとにこれ、死なないんですか？」

「死にたいんじゃなかったのか？」

口元で愉《たの》しげに笑いながら先輩にそう尋ね返されると、何も言えない。

意を決して、粕漬を口に含む。

その瞬間、旨味《うまみ》に脳天をぶん殴られた。

濃厚という言葉が馬鹿らしくなるほどに濃くて芳醇《ほうじゅん》な旨味の塊が、舌の上でぷつぷつと解《ほど》けていく。

そこへ、追いかけるように粕取り焼酎を舐《な》める。

美味《うま》い。というよりも、美味過ぎる。

味蕾《みらい》と脳とを旨味で灼《や》かれるような、心地よさ。

酒粕から作った焼酎と、酒粕に漬けた卵巣。合わないはずがない。

「うまかろ？」

ぶんぶんと首を縦に振りながら、もう一口齧《かじ》った。これだけ美味《おい》しいのなら、確かに何としてでも食べたくなるというのも理解できる。旨味の暴力だ。

「……昔、カストリ雑誌と呼ばれる雑誌があった」

人差し指と親指で摘《つま》んだ粕漬のスライスを齧りながら、先輩が呟《つぶや》くように語る。

「エロ、グロ、ナンセンス、なんでもあり。終戦直後で文字に餓えた人たちのための雑誌だ。紙の質も悪かったし、すぐに潰れた」

「なんでカストリって言うんですか？」

「昔のカストリ焼酎は粗悪な紛い物で、三合（三号）飲んだら潰れるから」

三号で潰れる。

奇《く》しくもそれは、潰れたWebマガジンと同じ号数だった。

「……先輩は、私に何を言いたいんですか？」

問い質《ただ》す私の湯呑に、先輩は粕取り焼酎を注《つ》ぎ足す。

「この粕取り焼酎は戦後の粗悪品と違って、ちゃんと作った本物だ。ちゃんと作れば、三号で潰れても、本物は本物だ」

先輩は私の記事を評価してくれていた。だからこそ大抜擢《ばってき》して、副編集長心得に推してくれたのだ。それなのに私は、先輩の前であんなことを言ってしまった。

「……すみません」

「謝ることはないさ。誰だって雑誌を潰すことは……誰にでもはないか」

「そのことじゃなくて、失礼なことを言ってしまったなって」

微笑《ほほえ》むだけで、先輩は答えない。それが分かればいい、とでも言いたげだ。

「フグは、そのままでは毒がないんだ。食べる餌に毒が含まれていて、それを蓄えて猛毒を持つようになる。そして誰にも食われなくなる」

知らなかった。フグははじめから、毒があるものと思っていた。

粕漬の皿を先輩がこちらに押し出す。

皿を受け取り、粕取り焼酎をまた飲んだ。はじめに感じた飲みにくさはどこかに去り、ビターな香りも癖も、全てが愛おしく感じられる。

「三田村はまだ若い。なんでも経験して、毒でもなんでも食って、強くなれ。誰にも食い尽くされない、立派なフグに成れ」

「それって私がフグみたいってことですか？」

ぷくっと膨れてみせると、先輩は腹を抱えて笑った。

「ハクビシンでもフグでもいいが、その調子を見るともう大丈夫そうだな」

そう言って立ち上がると、いつの間にか炊き上がっていた炊飯器へ向かうと、茶碗《ちゃわん》に米をよそう。

卵巣の粕漬を米に載せると、そこに玄米茶を掛け回した。

茶漬けだ。

「ほら、食え」

差し出された茶碗を受け取り、箸で卵巣を崩して啜《すす》り込む。

美味しい。

これは、毒だ。美味しい、毒だ。そう思いながら啜り込むようにして茶漬けを食べる。大海原《うなばら》を生き抜く、毒の力を取り込むために。

今、頬を伝っている涙は、きっと、美味しさのせいに違いない。違いないのだ。

酒蔵廊下の密室　鴨崎暖炉

酒巻《さかまき》家の屋敷の庭には千二百本の日本酒が保管された巨大な蔵が存在し、酒巻酒彦《さけひこ》の撲殺死体はその蔵の中から見つかった。事件が起きたのは雷鳴轟《とどろ》く大雨の日――、凶器は日本酒の空き瓶で、つまりはそれで頭をカチ割られたということだ。幸い蔵には空き瓶が大量にあったので凶器には事欠かなかったことだろう。何故《なぜ》なら蔵に保管されていた千二百本の酒――、酒彦が趣味で集めたそれらの名酒はすべて、その瓶の中身が空になっていたのだから。瓶はすべて一升瓶（一・八リットル）で、つまりは二千リットル以上の酒が蔵から消えたということになる。

蔵には出入口が二つあり、それぞれ渡り廊下で屋敷の居間と裏庭へと繋《つな》がっていた。蔵の南に延びた廊下は居間に――、西に延びた廊下は裏庭へと通じている。そして居間には被害者の死亡推定時刻の三十分前から、被害者の長女と次女と使用人の女の三人がいて、彼女らは死体が発見されるまでの七時間もの間、そこから一歩も離れずに熱心に話し込んでいたというのだ。つまり居間は彼女らによって衆人環視の状態であり、何人《なんぴと》たりとも彼女らに見咎《みとが》められずにそこを通り抜けることは不可能だったということになる。ちなみに酒彦の死体を見つけたのもその長女ら三人で、彼女たちは夕食の際に飲む酒を取りに三人で居間から蔵に向かい、そこで被害者の撲殺死体を発見したというわけだ。蔵の中にはその凶行を成した人物の姿は見つからず、でも蔵の南側の出入口から廊下を通って居間にやってきた可能性もありえない。となると犯人の通ったルートは一つだけ。すなわち蔵の西側の出入口から裏庭に逃げたということだ。

蔵の西側の出入口を出ると、一段二十センチの下り階段が五段ほど続き、そこから長さ六メートルの、奥に向かってわずかに傾斜した真っ直《す》ぐな廊下が延びている。廊下の幅は九十センチほどで、天井までの高さは五メートルほど。床も壁もコンクリート製で、それらが真っ白な塗料で雪のように塗装されている。そして廊下の先には金属製の外開きの扉があり、その扉を開くと裏庭に通じているというわけだ。裏庭はアスファルトで舗装された、だだっ広い駐車場のような土地だった。

つまり、普通に考えれば犯人はこの裏庭から逃亡したということになる。でも、この逃走ルートにも実は大きな問題があって、それは廊下の天井に監視カメラが仕掛けられているということだ。六メートルの廊下のちょうど中ほど、その天井の中央に廊下を俯瞰《ふかん》するような形でカメラが埋め込まれている。そのカメラの画質は悪いが、だいたい廊下の中央三分の一くらいはカメラの撮影範囲になっていて、つまり廊下を進めば必ず姿が捉えられてしまうということだ。

でも警察が映像を確認したところ、そこには誰の姿も映っていなかった。となると犯人はその西の廊下を通っていないということになる。そして蔵には窓の類《たぐい》はなく、もう一つの出入口の先にある居間には長女たちがいた。だから酒蔵はどこにも逃げ場のない――、完璧な密室だったということになる。

「……」

というような事件が起きたので、その事件を担当することになった刑事の私――、刑部笙子《おさかべしょうこ》（二十八歳）は途方に暮れていた。正直、頭が痛くなる。まるで酒蔵の中から煙のように犯人の姿が消え去ってしまったかのようだ。

ただし、実のところ犯人の目星は付いている。酒彦はその長男の長彦《ながひこ》と以前から犬猿の仲で、たびたび口論となり、時には摑《つか》み合いに発展することもあったという。

その長彦はというと、事件発覚の報を受けて警察がやってきた際は、ひどく酔っぱらった状態で自室で眠っていたのだという。ただし長彦は下戸《げこ》で、体質的に酒はいっさい受け付けない。その彼が何故、泥酔状態だったのか？　まさか酒蔵から消えた千二百本の日本酒――、そのすべてを彼一人で飲み干したわけでもないだろうに。

そして気になる点はもう一つ。それは蔵の西から延びた廊下――、裏庭に通じるその廊下がやけに酒臭かったということだ。実際、廊下の床や壁からは日本酒の成分が検出されている。でも廊下の天井に設置された監視カメラには誰かが酒を撒《ま》く様子など映っていないし、そもそも常識的に考えれば酒を撒く理由もないだろう。

「なら、いったい何のために」

そんな風に、ひとりごちる。でも私にはその理由も、密室状態の酒蔵から犯人が消え去った方法もわからなかった。そして、それはゆゆしき事態だった。何故ならこの国では三年前にとある密室殺人事件が起き、『現場が密室だった』がゆえに被告人が無罪判決を受けたことにより、『現場が密室ならば無罪』という奇妙な判例が生まれたからだ。その判例により警察は密室殺人が起きた際にそのトリックを暴く義務が生じ、逆に犯罪者たちは罪から逃れるために、強固な密室を作り出そうと悪知恵を働かせるようになった。いわゆる『密室黄金時代』というやつだ。だから今回の事件で犯人が密室を作ったのも、その密室を盾に裁判で無罪を勝ち取るためだろう。

ゆえに刑事の私としては是が非でもこの密室を崩さなければならないのだけど、悲しいことに私にその能力がないことは明らかだった。なので私は助っ人に頼ることにして、翌日、その助っ人を喫茶店へと呼び出した。蜜村漆璃《みつむらしつり》という高校三年生の黒髪の美少女で、密室の専門家でもある。私は過去にちょっとした事件を通じて蜜村と知り合い、それ以来、密室の謎に息詰まると彼女の力を借りているのだ。

「で、今回の密室は――」

私は現場の状況を蜜村に伝える。彼女は紅茶を飲みながらそれを聞いていたが、私がすべてを話し終えると「なるほどね」と言って、黒髪を撫《な》でて私に告げた。

「密室の謎は解けました。なので今から犯人が酒蔵から脱出した方法を説明します」

蜜村は頭がいいので、謎を解くのがとても速い。それが密室の謎ならばなおのこと。

「それじゃあ、聞かせてもらおうじゃない。犯人がどうやって蔵から脱出したのかを」と私は彼女に言う。すると蜜村は「いいですよ」と頷《うなず》き、こんな風に語り始めた。

「まず前提となるのは、今回の殺人があらかじめ計画されていたものではなく、衝動的なものだったということです。つまり犯人は何らかの理由で酒蔵で被害者と待ち合わせをしていて、そして口論か何かになり、思わずカッとして被害者の頭を日本酒の瓶で殴ってしまった――、ここまではいいですか？」

「まぁ、それについては概《おおむ》ね同意だけど」

私はそう言葉を返す。容疑者と目される長彦は、父である被害者の酒彦とは犬猿の仲だったと聞いている。ならば、そのような可能性も充分に考えられるだろう。

「なので犯人はきっと、凄《すご》く動揺してしまったに違いありません」と蜜村は同情するような口調で、反面、暢気《のんき》に紅茶を飲みながら言う。「だから、犯人はすぐにその場から逃げ去ろうとしました。でも、ここで問題が発生します。それは居間に長女と次女と使用人がいて、蔵の南側の出入口の先が完全に塞がれていたということです」

確かに長女たち三人は、被害者の死亡推定時刻の三十分前から居間で談笑を続けていた。だから犯人はそこを通って蔵から脱出することはできない。

「なので犯人はもう一つの出入口――、つまり、蔵の西側の出入口を使うことにしました。でも、ここにも大きな問題がある。それは西の出入口から延びた廊下の天井に監視カメラが仕掛けられているということです。だから犯人はその問題をクリアするために、蔵の日本酒を利用することにしました」

「日本酒を利用？」

「はい、酒蔵に保管されていた千二百本の日本酒です。犯人はその日本酒を蔵から持ち出して——、一本残らず西の出入口の先の廊下の床に撒いたんですよ」

「……いったい、何のために？」

私は思わず顔を顰《しか》める。だって、何の意味もないことだ。廊下に大量の酒を撒いた——、そんなことをしたからって密室状態の酒蔵から脱出できるわけがない。

「まぁ、素人《しろうと》はそう考えますよね」と蜜村は刑事の私に、とても失礼なことを言う。

「でも、酒蔵に保管されていた日本酒——、それらがすべてただの酒ではなかったとしたらどうでしょう？　例えばそう——、どぶろくのような濁り酒だったとしたら？」

「濁り酒？」

「はい、真っ白に濁った酒です」と蜜村は言った。「犯人はそれらの酒を、すべて西の廊下に撒いたんです。廊下は奥に向かってわずかに傾斜しているから、手前から撒いてもゆっくりと廊下の奥へと流れていきます。そしてそれを繰り返すことにより、だんだんと廊下に日本酒が溜《た》まり、その水かさを増していく。廊下の長さは六メートル、幅は九十センチほどでした。だから一升——、一・八リットルの酒を千二百本、廊下に撒けば、その酒の水かさは四十センチほどにもなる」

つまり、廊下に深さ四十センチの日本酒のプールが出現するというわけだ。さらに酒蔵と廊下の間には一段二十センチの下り階段が五段ほどあるから、廊下に溜めた日本酒が蔵に逆流することもない。ただ、問題は――、

「監視カメラは？」と私は訊《き》いた。「そんな風に廊下に日本酒を溜めたら、当然、天井の監視カメラにそれが映ってしまうんじゃないの？」

すると蜜村は首を横に振って、「いえ、それはありません」と言った。

「何故なら廊下は床と壁が白く塗装されているからです。だから、同じく真っ白な濁り酒を撒いても、それは床や壁と同じ色――、つまりは保護色になるから、床や壁と色彩的に同化して廊下に酒が溜まっていることに気付けないんです。さらに監視カメラの画質は悪いし、床とカメラの埋め込まれた天井の距離も五メートルもあるから、それも追い打ちを掛けている。そして床に酒を溜める際にも、真っ白な酒が少しずつ溜まっていくわけだから、その変化はとても些細《ささい》で見破るのは実質不可能です」

私は廊下の手前で撒かれた真っ白な酒が、廊下のわずかな傾斜によって、ゆっくりと廊下の奥へと流れていく光景を想像した。確かにそのわずかな変化を、画質の悪いカメラで捉えるのは非常に困難かもしれない。

「さて、ここまでで下準備は終了です。廊下には深さ四十センチの日本酒のプールが

出現した。だから、犯人はそのプールの中を――」

「泳いだのね」と私は蜜村の言葉に頷く。廊下に溜まった濁り酒は、天井のカメラからすれば、いわば見えない水溜まりだ。床と見分けがつかないため、その中を潜水で泳げば完全にカメラから死角となる。

「そうです、そうして廊下の奥へと辿《たど》り着いた犯人は、その先にある外開きの金属扉を開ける。扉の向こうはアスファルトで舗装された裏庭になっているから、廊下に溜まった酒は一気にそこに流れ出るというわけです」

そして当日は大雨が降っていたから、裏庭に流れ出た日本酒はすべて洗い流されてしまうだろう。廊下は裏庭に向かってわずかに傾斜しているから、その傾斜によって酒は流れ、廊下にはほとんど残らない。そしてわずかに残り、乾いた酒が、警察の捜査によって廊下の床や壁から検出されることになったわけだ。

「そういえば」とそこで私は思い出す。「犯人と目される長彦さんは、警察が来た時に自室でひどく酔っぱらっていたのよね？」

その言葉に蜜村は、紅茶を飲みつつ頷いた。

「はい、長彦さんは下戸で、お酒に弱い体質ですから。きっとお酒のプールを泳いでいる際に、誤って口から酒が入って酔っぱらってしまったんでしょうね」

常連客　歌田年

既にほろ酔い気分だった私は、その勢いでたまたま通りかかった〈サンテ〉なるバーに入ってみた。

サンテ――フランス語で〝健康〟の意だが、「乾杯！」の掛け声でもある。なかなか洒落《しゃれ》た店名だ。

内部はさほど広くはない。七、八人も座ればいっぱいになるカウンター席と、突き当りにひどく小さなボックス席が一つ。

カウンターの中央には先客が一人いた。貧相な五十がらみの男で、白いワイシャツに黒いズボンという平凡な恰好《かっこう》。店に馴染《なじ》んだ感じがいかにも常連客然としている。

一方、カウンター内のマスターは漆黒のシャツを第一ボタンまで留めた痩身の三十歳前後。髪はやや長めで、丸メガネの奥の切れ長の目が涼しげだ。

スツールに座るなり、酒の匂いが鼻を衝《つ》いた。バーだから当たり前だと言われそうだが、尋常ではない強い匂いだった。どうしたというのだろう。

私が鼻を鳴らしていると、若いマスターは説明した。「申し訳ございません。誤ってボトルを割ってしまいまして」

「ああ、なるほど……」

「何になさいますか」と、マスターは私の前に丸いコースターを置いた。

「何て言ったかな……アメリカの有名な探偵のフィリップ……フィリップ……」

いけない。歳《とし》のせいか固有名詞が出てこない。

「フィリップ・マーロウでございますか」

「そう、それ！　そのマーロウがよく飲むカクテルで……ギ……ギ……」

「ギムレットでございますか」

「そう、それ！　それって、できますか？」

マスターが頷《うなず》き、続けた。「探偵マーロウが主人公の小説『長いお別れ』の中にギムレットは出てまいりますが、主に頼んでいたのは彼の友人のテリー・レノックスの方でございますね」

「あ、そうなんだ……。さすがマスター、詳しいですね」

「いやはや、これは出過ぎたマネを」マスターは恐縮して頭を下げた。「ジンは何になさいますか。タンカレー・ボンベイ・ゴードン・プリマス・ビーフィーター――」

「お任せします」

「では、タンカレーをば」

マスターは緑色のボトルの中身を銀色のシェイカーに注いだ。次いで大粒のライムをナイフで二つに切ってガラスの器で搾《しぼ》り、その果汁を加えた。最後にガムシロップを足して氷を放り込み、フタをした。シャカシャカとリズミカルに十回ほどシェイクすると、逆円錐《えんすい》型のグラスに注ぐ。

「お待たせ致しました。どうぞ」

私は一口啜《すす》った。甘過ぎず酸っぱ過ぎず、キレがあって爽やかだ。

「美味《うま》い！」

「ありがとうございます」マスターは丁寧に頭を下げた。

私はクラシックな内装を眺めながら、ギムレットをチビチビと飲《や》った。

「もし……」と、先客の男が私に声を掛けてきた。「お宅さん、〝探偵小説〟がお好きなんですか」

「特別好きというわけではないですが、たまに読みます」私は正直に答えた。

「――探偵小説の父といえばアメリカのエドガー・アラン・ポーですが、彼の作品は多岐にわたっていて、謎解き系だけでないのがいいですね」男もマスターに負けじと知識を披露する。

「はあ、そうなんですか」

「僕は彼の『タール博士とフェザー教授の療法』という短編が好きでしてね」

私は首を傾《かし》げた。「えーと、それはどういう……」

「十九世紀のフランスで、主人公がとある精神病院を見学するという話です」

「精神病院……」

「案内役の院長が説明するには、〝鎮静療法〟という治療法で全ての患者を診《み》ているそうです。要は〝放置〟で、患者を監禁せずに自由に行動させるというものだそうです。院長はとても丁寧に、理路整然と説明をしてくれるんですが、やがて主人公は、その病院のとんでもない秘密を知ることになるんです」

「……どんな秘密ですか」

「ネタバレしてもいいですか」

「構いません」

「本当に？」

「ええ」

「では――」男は少し間を置いてから続けた。「実は院長自身が狂っていて、患者たちと協力して病院職員たちを監禁していたというんです。それで患者たちが院内で自由に暮らしていたというわけです」

「へえ」

その時「えへん」と一つ咳払《せきばら》いして、マスターが棚から一本のボトルを取った。ラベルを見ると〈山崎《やまざき》〉とある。入手困難と言われる高級ウイスキーだ。

次の瞬間、ボトルがマスターの手からするりと滑り落ちた。

とっさに客の男が立ち上がり、カウンター越しに手を伸ばしてボトルを摑《つか》んだ。

ナイスキャッチ！

「危なかった。しかしマスター、僕が次にこれを飲みたいと思ったのがよくわかったね」と、男。

「恐縮です」マスターは頭を下げた。

「マスターも一杯どう？」と、男は言った。

「よろしいのでございますか」

「もちろん」

マスターはグラスを二つ用意し、オン・ザ・ロックスを作った。

「乾杯《サンテ》！」二人はグラスを合わせて、贅沢《ぜいたく》にも一気に飲み干した。

客の男は大胆にボトルを摑むと、マスターのグラスに二杯目を注いだ。

「これは、これは……」マスターは形だけ恐縮しつつも、また一気に飲んだ。

男が私にもボトルを向けたが、私のグラスのギムレットがまだかなり残っているのを見て取ると、あっさり引っ込めた。

「そういえば――」と、男は言った。「道尾秀介《みちおしゅうすけ》もそういった方向の作品を書いていますね。タイトルは……ああ、もうネタバレはやめておきましょう」

「私は気にしないですよ」と言って、ギムレットを啜る。

「いや、やめておきます」と言いつつ、男は続けた。「ところで、精神病院ものの有名な小話を知っていますか」

特に興味はなかったが、私は訊《き》いた。「どんなものですか」

「こういうものです。――患者が風呂《ふろ》桶《おけ》に釣り糸を垂れている。医者が調子を合わせて『釣れますか？』と訊くと、患者が『あんた、頭がどうかしてるよ。風呂桶で魚が釣れるわけがない』」

私は軽く笑った。「なるほど。立場が逆転したというわけですね」

「面白いでしょう」男はマスターにチラリと視線をくれ、グラスを干した。

マスターが素早く山崎のボトルに手を伸ばす。

「ああ、自分でやるよ」と言って男がボトルを奪い、手酌で注いだ。「マスターも、もう一杯どう？」

「では、お言葉に甘えまして」マスターは遠慮なく自分のグラスを差し出した。

こんなに客に奢《おご》られるマスターも珍しいのではないか。

三杯目を喉の奥に放り込んだマスターにつられて、私もギムレットを飲み干した。別のカクテルを頼もうと思ってマスターを見やると、彼は立ったまま目を閉じてグラグラ揺れていた。酔いが回ってしまったのだろうか。

私はマスターに声を掛けようとして口を開いた。

その時、客の男が私の肩をむんずと摑んだ。驚いて振り向く。

男はコースターを裏返すと、そこに胸ポケットから抜いたペンで走り書きをした。

カウンターの下から私の方にそっと寄越《よこ》す。

私もそっと受け取り、膝の上で見た。

そこにはこう書いてあった。

このマスターはニセモノです
二人でカレをカウンターから出してボックス席に座らせましょう

私は驚いて男の顔を見た。彼はサイフから名刺を取り出すと、私に差し出した。

BARサンテ 店主 家田健康 TAKEYASU IEDA

次いで免許証を取り出して見せた。同じく家田《いえだ》健康《たけやす》の名前の隣に男の顔写真。

つまり、この家田という男がこの店の本当のマスターということらしい。どういうわけか、黒シャツの男と入れ替わっていたようだ。

私は目顔で頷いた。

家田と共に静かにカウンター内に入ると、両脇からニセマスターを押さえ込んだ。

ニセマスターは抵抗を見せたが、力は弱々しく、私たちに支えられたままカウンターを出てボックス席に移動した。

間もなくニセマスターはソファに凭《もた》れて寝息を立て始めた。

家田は私に頭を下げた。「どうもありがとうございました」

「どういうことなんです？」思わず私は訊いた。

「はい」家田は声を落とした。「——彼はうちの常連客なんですが、酔うとなぜか自分がマスターだと思い込んでしまうんですね。今日もどこかで飲んできたのか、酔っぱらってウチに入ってくるなり、さっさとカウンターを占拠してしまいまして。私が抗《あらが》おうとすると、報復として棚から高価なボトルを取っては落としてしまうんです」

「それで酒臭かったのか……」

「ええ。そこで、さらに飲ませて眠らせるという作戦に出たわけなんです。……まあ、いつものことなんですけどね」と、苦い笑みを滲《にじ》ませる。

家田がしきりに〝入れ替わり〟の話をしていたわけがようやくわかった。私へのSOSだったのだ。いかんせん高度過ぎたが。

カウンター内に戻った家田は、黒い前掛けを着けて背筋をピンと伸ばした。それだけで、客だと思っていた彼が急にマスター然としてくるから不思議だ。

私はギムレットのお代わりを頼んだ。ニセマスターが作ったものと本職のものがどう違うのか、飲み比べてみようと思ったのだ。

最後のオン・ザ・ロックス

小西マサテル

マンションの一室で一緒に作った料理に舌鼓を打ったあと、我妻《あがつま》は妻に告げた。

「実はこれから、少しだけ忙しくなるかもしれない」

苦々しそうな顔を作ったつもりだったが、頬が緩んでいるのが自分でもわかった。

「俺さ……刑事になるんだよ」

妻は、ぱっとはじけるような笑顔を見せた。

「じゃあ今夜はダブルのお祝いだね」

そう。三十代も半ばを迎えようとしていた我妻だったが、今日は初めての結婚記念日であり、しかも念願の刑事部への配属が決まった日でもあったのだ。小学生の頃はミステリ好きの恩師の影響で〝名探偵〟になるのが夢だったが、やがてそんな存在はない、実在し得ないということを知り、夢の矛先を刑事に変えていたのだった。

でも、と今でも思う。もしも現実の世界に名探偵がいれば、あの恩師のような人なのだろうと。

なに飲もっか、とことん付き合うよ、と妻はキッチンに立った。

細い肩が嬉《うれ》しそうに揺れている。

「悪いな。じゃあ、オン・ザ・ロックスで」

氷が入ったグラスにウイスキーを入れる呑《の》み方は〝オン・ザ・ロック〟ではなく、正確には〝オン・ザ・ロックス〟であることも、博覧強記の恩師に教わったことだ。

昔は氷ではなく、川の底の冷たい複数の石《ロックス》をグラスに入れていたのだそうだ。

小さなテーブルに向かい合って二回乾杯をしたあと、我妻は自分のグラスを見た。

「あのさ。オン・ザ・ロックスの物語って話したっけ」

「ううん」

「これはね、小学校のときの校長先生から聞いた物語なんだけどね」

「あ、〝まどふき先生〟ね。いつも腕まくりしたワイシャツ姿で学校中の窓を拭いてたっていう」

「そうそう。児童全員の顔と名前を憶《おぼ》えてて話しかけてくれる方でね」

我妻は遠い目になる。

「その人がよくいってたんだ。世の中のすべての出来事は物語なんだって。そしてすべてがハッピーエンドなんだって。そして、そう思わなければ駄目なんだよって」

「いいね。その考え方、お酒にも合うね」

ウイスキーが四分の一ほど入ったグラスの向こうに、えくぼが透けてみえる。

「ねぇ、聞かせてくれるかな」

「ええと。昭和の昔、東北にひとりの中学生の少年が住んでいてね。彼はノンフィクションが大好きで、大昔の事件にまつわる文献を読み漁《あさ》っていたんだけど……そんな中、思いもかけないタイタニック号の物語に巡り逢《あ》ったというんだよ」

「タイタニック号――」

神でさえ沈めるのは不可能とされた豪華客船タイタニックは、一九一二年四月十四日の二十三時四十分に氷山に衝突。翌十五日二時十八分、極寒の北大西洋に沈んだ。処女航海にして約一五〇〇人もの犠牲者を生んだ、二十世紀を代表する悲劇だ。「思考機械」の別名を持つ昔日の名探偵、ヴァン・ドゥーゼン教授を生んだミステリ作家のジャック・フットレルも、北大西洋の暗闇に消えた。執筆中だった数々の物語の原稿と共に。

だが――失われた物語もあれば、生まれた物語もあるのだった。

「東北の少年は、宝物のような文献の内容をこんなふうに語ってるんだ。タイタニックが氷山にぶつかったとき、バーのマホガニーのカウンターにひとりの酔客がいた。ドーンという音。しばらくするとボーイが酔客のところへきて囁《ささや》く。『いま、氷山に衝突しました』『なに、氷山にぶつかっただと？　それじゃその氷山の氷でオン・ザ・ロックスをつくってくれ』酔客が大見得をきってまだ十分に酒が入ったグラスをマホガニーの見事なカウンターに置いた。瞬間、船が大きく傾いて、ロック・グラスがサーッとカウンターの上を滑り落ちていった――」

我妻はひと口だけスコッチを呑んだ。

「マホガニーのカウンター。滑り落ちていくロック・グラス。目に浮かぶようだろ」

「そうね。ドラマティックといえばたしかにそうだけど」

妻は少しだけ言葉を繋《つな》ぐのに躊躇《ちゅうちょ》したようにみえた。

「なんだろうな。正直いうと、少し作り話めいてるような気もする」

「そうだね、そのとおり。あまりにもできすぎというか、脚色が入っているとは思う。でもね。まどふき先生いわく、大切なのはそこじゃないんだ、と」

「どういうこと？」

「例の東北の少年は、このビビッドな文章表現に感動して、将来は必ず編集者になろうと決めたんだそうだ。それで本当に、日本を代表する百万部雑誌の大編集長になったんだよ。一冊の文献のごく一部の、それもたった数行の文章のおかげでね」

「――なんだかそのエピソード自体が素敵だね」

「先生はいってたよ。物語が物語を生んだんだって。けして冒瀆《ぼうとく》じゃない。死者は語られることで生者となる。こうして物語は永遠に続いていくんだってね」

我妻の目が夢見がちになる。

名探偵になるのが夢だった、小学生の頃のように。

「マホガニーのカウンターを滑っていったロック・グラス。俺はその行方《ゆくえ》が気になるんだよ。なんかさ、そのまま床に落ちて割れたとしたら悲しいだろ。床にはアックスミンスターのカーペットが敷き詰められていたんだ。グラスは割れないと思うんだよ」

「うん。中身はこぼれるかもしれないけれど」

「あとね。あの夜のタイタニックには、女性や子供たちが救命ボートに乗り込む間、彼らを安心させるために、沈没する直前までずっと楽器を奏でていた楽団がいたのは知っているよね」

「映画で観たことがあるわ。楽団員のひとたち全員が船と運命を共にしたんだよね」

「だとしたら――たとえばだけど、こんな物語はどうかな」

＊＊＊＊＊＊＊＊＊＊＊＊＊＊＊＊＊＊＊＊

タイタニックの楽団長、ウォレス・ハートリーの遺体記録簿にはこう記されている。

〈遺体ナンバー二二四、男性、推定年齢二十五歳〉

ハートリーは三十三歳だったから、相当に若く見られたようだ。

そして実際ハートリーは、あの夜も実年齢より若く見え、いつも以上にエネルギッシュだった。

夜空の星々は、洋上の喧騒《けんそう》をあざ笑うかのように美しく輝いていた。

タイタニックの船窓のライトもまだすべてが点《つ》いていた。

ハートリー率いる楽団員たちは、左舷側前方一等船室あたりのデッキ上にいた。

彼はニッケルの腕時計にちらと目をやった。深夜零時をとうに回っている。目前では救命ボート六号に乗り込もうとする女性たちの悲鳴や船員の怒号にも似た叫び声が飛び交い、その向こうでは黒い海がごうごうと音を立てていた。

耳がいくぶん大きい生まれついての音楽家。鼻筋が通っていて目元が優しげで、いかにもリーダー然とした風貌のハートリーは、楽団員たちに肩をすくめてみせた。

「俺はどうも駄目なんだよ。女性が、しかもお年寄りが泣いているのを見るのはね」

「同感です、楽団長」

くせ毛の髪を短く刈った二十一歳のヴァイオリニストがゆっくりと頷《うなず》いた。

私も同感ですな、とハートリーよりも年長で、立派な口髭《くちひげ》をたくわえたチェリストが続けた。

「それに子供が泣くのも駄目でね。とくに恐怖で泣いてるのを見るのは耐えられん」

「分かります」とコントラバス奏者。

広い額が知性を感じさせたが、顔は辛《つら》そうに歪《ゆが》んでいた。

ハートリーは改めて楽団員たちをゆっくりと見回した。

「じゃあ俺たちがやるべきことというのは、もう決まっている」

楽団員たちは無言で頷き、各々《おのおの》がヴァイオリンやチェロを手に取ろうとした——が、ハートリーの指示で一度それらを床のケースに下ろし、両手の甲を激しく擦《こす》り合わせ始めた。

みな楽団用チュニックの上にコートを羽織り、さらにマフラーを巻いていたが、それでも耐えられないほどの寒さであり、手がかじかんでしまうのだった。

まだ憧憬が残る短髪の若者が、手を擦りながらおどけたように片方の眉を上げた。

「できればスコッチで温まりたいところですね。それに、最後の一杯ってやつの味も知りたいし」

ハートリーたちは低く笑った。

若者の出身地はスコッチの産地、スコットランドだったからだ。

指がいくらか動き始めたところで、ハートリーは足元のヴァイオリンを拾い上げようとした。次の刹那《せつな》――彼は、楽器ケースのすぐそばに、信じがたいものを目にした。

デッキの上に、一杯のオン・ザ・ロックスが鎮座していた。

まるで、どうぞお召し上がりください、とでもいうように。

この騒ぎの中、酒をデッキに置く者がいるとはとても思えない。

あるいは――傾いたカウンターから落ちたグラスが毛足の長いカーペットで底部からクッションし、開けっ放しの扉からデッキへと飛び出て自立したのではないか。そして中身を半分ほど残したまま、磨き上げられたデッキ上を奇跡的な均衡の中で滑り、ここまで〝やってきた〟のか。

まぁ、理屈はどうでもいい。

なにしろ、酒はそこにあったのだ。

ハートリーはグラスを手にとった。中の色を見ただけでとびきり度数が高いスコッチと分かる。氷も溶けていない。この外気のおかげだろう。

彼は星空に向けてグラスを高く掲げた。

「諸君、神の思《おぼ》し召しだ。酒だ」

歓声が上がる中、ハートリーはめったにやらないウインクをしてみせた。

「せっかくの僥倖《ぎょうこう》だ。みんなで一口ずつ飲んでからにしようじゃないか」

すると口髭のチェリストが、年下の楽団長への敬意溢《あふ》れる口ぶりでいった。

「いいですな。では我らが楽団長からどうぞ」

「そうかい、先に悪いね。では……マリアに乾杯」

「ちょっと待ってくださいよ」

短髪の若者が笑いながらまぜっかえした。

「マリアさんは故郷においてきた婚約者でしょ。いまここでノロケますか」

「冗談だよ。君たちから呑んでくれたまえ」

そこで笑いがはじけた。そして皆がずっと笑いながら、サウナみたいに温まるぜ、などとはしゃぎつつ、酒を一口ずつ舐《な》めていった。

最後の笑い、最後の酒になることを全員がわかっていた。

いちばん笑っていたのは短髪の若者だった。だが、ハートリーは知っていた。

(たしかメアリーという名前だったか)

そう。この若者にも、婚約者がいるのだった。

ハートリーは、最後に回ってきたオン・ザ・ロックスを一気に呷《あお》ってから、仲間たちを見た。

「さて、諸君。演奏開始だ」

＊＊＊＊＊＊＊＊＊＊＊＊＊＊＊＊＊＊＊＊＊

「――なんかごめん。こんな想像だけの作り話を長々と」

「ううん。素敵だと思う。作り話っていうのとは少し違うと思う。だって事実かもしれないし」

妻はまたオン・ザ・ロックスにそっと口を付けた。

「それに刑事になるんだから、なんだろうな。そういう空想力っていうの、すごく必要だと思う」

妻は少し饒舌《じょうぜつ》になっていた。

「嬉しいけどさ、少し顔が赤いよ。ほどほどにしとかないか」

「大丈夫」妻はグラスをテーブルに置いた。

「あのね、〝我妻刑事〟さん。教えてあげよっか」

そして、組んだ両手の上に顎《あご》を乗せ、我妻の目をじっと見た。

我妻ははっとした。

その仕草と表情は、自分がプロポーズした直後のそれと同じだったからだ。

「顔が赤くなるっていうのは、お酒だけが原因じゃないのよ」

秋月ふたつ

猫森夏希

菓子袋にはまだつまみが残っているというのに、肝心の酒が尽きていた。吉宗《スロット》のせいで財布には五百円玉一枚だけである。小せえボトルなら買えるか。

おれはジャージを穿《は》き、サンダルをつっかけ、アパート二階の廊下に出た。階段を下りていくと夜風が肌を撫《な》でていった。半袖ではもう寒い。アパートの庭から伸びたコブシの木が赤く色づいている。枯れ葉がひらりと地面に落ちていくのが見えた。

コンビニまで徒歩十五分ぐらいか。アルコールでぼんやりとした頭を揺らして、団地を縫うように歩く。夜空を見上げると、月が二重に見えた。思いのほか酔いが回っているらしい。仕事で赴任してきたばかりで、移動はいつも会社のトラック頼り。おかげで土地勘がないため、ざっくりとした方角に足を運んでいく。

しばらく歩いたところで階段に突き当たった。急こう配の長い下り階段。段数は百じゃきかないだろう。このぐねぐねと曲がった階段を下りていけば県道に出るはずだ。その先に目指すコンビニがある。ふらつく足では危険だろう。そのぐらいはわかる。そこまで酔っちゃあいない。おれは手すりを頼りに慎重に下りることにした。

半分ほど下りてきたところで、おれの足が止まった。

眼下に墓場が見える。丘を削って作られた一角に、数十基の墓石が並んでいる。近くに寺でもあるのだろうか。足を止めたのは墓場を見つけたからではない。月明りにきらめく墓石のそばに、酒が見えたからだ。

カップ酒が二本。

墓場には囲いもなく、無断で入れそうだった。おれは階段の踊り場まで下りると、門柱のように立っている柿の木をくぐり、石畳の墓地に足を踏み入れることにした。加藤《かとう》家と刻まれた墓石の前に立つ。深夜一時。階段に沿ってぽつぽつと立つ街灯の明かりだけで、人気《ひとけ》はない。悩む時間は少なかった。

「すまんね、加藤さん」と詫《わ》びを入れ、墓石の下に手を伸ばす。

一本はプラスチックボトルに赤い蓋の焼酎《しょうちゅう》、もう一本は小ぶりのずんぐりとした瓶に、白い蓋の付いた日本酒。お供え物は持って帰るのがマナーのはずだが、未開封の酒なら問題ないとそのままにしたのだろうか。残された二本の酒と、生え広がった雑草を見る限り、ここの管理は杜撰《ずさん》なようだった。

二本のカップ酒をポケットに入れ、墓場を出ようと柿の木をくぐったそのとき、

「ほ、ほ」と声がした。

びくりと振り向くと、柿の木の陰に人が寝そべっていた。上半身だけが、木の幹からはみ出ている。禿《は》げあがった頭に皺《しわ》くちゃの顔、長い白髭《しらひげ》。どうやら老人らしい。墓場に入るときには気がつかなかった。

「ほ、ほ、ほ、ほ」

笑っているのだろうか。木陰で暗く、表情がよくわからない。胸の辺りまで伸びた

白髭がゆらゆらと揺れている。よく見ると、禿頭《とくとう》が異様に長い。頭が尖《とが》っているかのように上に出っ張っている。

「そりゃあ、わしのだ」と老人が嗄《しわが》れた声で言う。枯れ木のような手が、おれのポケットを指していた。

「あんた、加藤さんか」と尋ねてみる。

「誰だそりゃあ。ほ、ほ、ほ」

このカップ酒を置いた加藤家の人間かと思ったが、そうではないらしい。呂律《ろれつ》が怪しく、妙に上機嫌な口調からすると、老人も酔っているようだった。なるほど。酔い潰れてこの場所で居眠りをこいていたってところだろう。

「盗んだな。お前、わしの酒」

「な、何を言ってやがる。おれはこの墓場の管理人だ。だから酒を回収したんだ」

咄嗟《とっさ》に口から出たにしては、悪くない嘘《うそ》だった。

「今日は何だ」と老人が訊《き》いてくる。「焼酎か？　ワインは？　篠原《しのはら》のとこにワインはなかったか。わしはあれがいい」

何だこいつは。

「前は白だった。だから今度は赤だ。わしは赤が好きだ。赤がいい。ほ、ほ、ほ」

ぐえっと嘔吐《えず》く声が聞こえたかと思うと、酸っぱい臭いがこちらまで届いてきた。

老人の白い髭に胃液と混じったどろりとしたワインがこびりついているのが見えた。

「せっかくの酒を戻しちまってるじゃねえか。もったいねえ」おれはかかっと笑いながら言った。この酔っ払いがおかしくてしょうがなく思えてきたのだ。

「きったねえ、掃除しとけよ」と言い捨てて、踵《きびす》を返す。このまま胃液の臭いを嗅ぎ続けていると、せっかくの良い気分が台無しになっちまう。

　さて、と階段を上がろうと手すりに摑《つか》まったところで、足がもつれ、ずるりと滑った。しなびたバナナのような情けない姿で手すりにぶら下がる。そういえばおれも酔っていたのだ。足を踏ん張ってなんとか体勢を戻すと、ほ、ほ、ほ、ほ、と笑い声。

「お前もこうなれ」と背中に聞こえた。

なってたまるか。飲み過ぎに注意。お酒はおいしく適量を、だ。酒のパッケージにもそう書いてある。酔い潰れて道端にぶっ倒れ、吐《と》瀉《しゃ》物にまみれるのは御免だ。

　そそくさと家に帰ると、喉の渇きも相まってさっそく一本開けることにした。

　白い蓋の日本酒。蓋を取ると、中にまたアルミの蓋が現れた。二重？　面倒だと思いながら蓋を開けていて気がついた。先に開けた白い蓋、これはお猪口《ちょこ》だ。なるほど、円錐《えんすい》形の白い蓋は逆さにするとお猪口として使えるらしい。これは便利だ。お猪口に日本酒を注ぎ、ぐいと飲み干すと、熱い感覚が喉と胃に染みわたっていった。

　それにしてもあの老人は何だったんだ。顔はよく見えなかったが、あの伸びた禿頭と長い白髭、まるで仙人のようだった。おれは床に寝そべり、もしかしたらあいつは酒の神様だったのかもしれない、なんてくだらない妄想を広げた。そんな馬鹿げたことを考えているとすぐに瞼《まぶた》が重くなってきて、カップ酒一本空にすることなく、深い眠りに落ちていった。

翌日の日曜日、おれはまた墓場の前に立っていた。

昼に起き、遊ぶ金もなく、ちびちびと残りのカップ酒で唇を濡《ぬ》らして過ごした。砂漠で遭難したみたいに大事に飲んではいたが、夕方にはカップ焼酎も空になってしまった。夜はこれからである。一度良い思いをするともう一度、となるのが人間の性《さが》である。おれは木枯らしの吹く中、宝探しに出かけることにしたのだった。

柿の木の下に老人はいなかった。やはりあれは酒が見せた幻だったのだろうか。

墓場に入ると蛇口があることに気がついた。すぐそばに桶《おけ》と柄杓《ひしゃく》もある。おれはそれらを手にして参拝者になりすまし、石畳を散策することにした。

宝はすぐに見つかった。思わず笑みが零《こぼ》れる。加藤家の隣の墓石に焼酎のカップ酒が一本。昨日はなかったので、今日お供えされたものだろう。さらに墓場の奥に進むと、大きな墓石の下にくびれた形のカップ酒があった。ラベルには英語の表記。どうやらカップワインのようだ。その墓石を見ると、篠原家という文字が刻まれていた。あの老人が言っていた名である。これのことか。昨夜のやり取りは幻ではなかったらしい。そうか、と思い当たる。あいつも盗んでいたのだ。おれと同じ酒泥棒だったのだ。ふざけやがって。何がわしの酒を盗んだな、だ。

そのとき足音が聞こえ、おれは咄嗟に身を屈《かが》ませた。階段とは逆の通路から、誰かがこちらにやって来る。

一人は坊主で、もう一人は警官だった。

まずい。何故《なぜ》だ？　誰かに見られて通報された？　くそ、どうする。悩んでいる時間はない。幸い、こちらには気づいていない様子である。おれは身を屈ませたまま移動して、桶と柄杓を戻し、柿の木の横をすり抜けた。それから、ただの通行人を装うと、何食わぬ顔で階段を上がって家に戻ることにした。

帰宅して一時間が経《た》ったころ、チャイムが鳴った。おれは半量になったカップワインを置いて玄関に向かう。ドアスコープを覗《のぞ》くと、そこに立っていたのはさっきの警官だった。心臓が震えた。追ってきた？　いやそんなはずはない。落ち着け。平常心だ。知らぬ存ぜぬを通せ。

一呼吸おいて、はい、とドアを開ける。

「すみません。今、聞き込みでこの辺りを回っているのですが」

「はあ」

「今朝、この近くの路上でご遺体が見つかりましてね」

遺体？　どうやら酒泥棒のことではないらしい。ふっと緊張の糸がほどけていく。

「ほら、ちょっと行った先に長い階段があるでしょう。あそこです。見つかったのはおじいさんでね。まあ、大方酔っぱらって階段から転げ落ちたのだろうとは思っているのですが、一応事件の可能性も考慮しなくちゃならないのでね。こうして聞き回っているんですよ」と警官はあっけらかんとした調子で喋《しゃべ》りかけてくる。

　おれは動揺を隠すのに必死だった。老人の遺体……まさか……。

「その、おじいさんってのは」

「この方です。三丁目の上尾《かみお》さん。お知合いですか」と警官は写真を渡してきた。受け取ると、そこには白髪《はくはつ》を後ろで束ねた精悍《せいかん》な顔つきの老人が写っていた。

　違う。あの老人ではない。

「いや、知りませんね。ここには引っ越してきたばかりなもので」

「そうですか。——お兄さんもあそこの階段には気をつけてくださいよ。急で危ないですから。あのおじいさんね、かなりの高さから落ちたみたいで、こう、首がぐりんと逆さに向いていましたよ」

　警官は軽い口調で言いながら、おれの手からひょいと写真を取り上げる。警官の手に戻り、百八十度向きを変えた写真を見て、おれは固まった。そこに昨夜の老人が写っているのだ。

……逆、逆だ。逆さだったのだ。あれは髭《ひげ》ではなく髪《かみ》で、あの長く伸びた頭も、あれは顎だ。首から上が逆さになっていたのだ。あのときは暗く、おれは酔っていて、顔の細部まではよく見えていなかった。いったいどういうことだ？　老人はあのとき、まだ生きていたということか？　酒のせいか上手《うま》く思考ができない。

警官は背を向けて去ろうとしたが、またくるりとこちらを向いた。じろじろと全身を眺めてくると「お兄さん、さっき墓場にいましたよね」と訊いてきた。その顔つきが変わっている。「最近越してきた人が、あの場所に何の用があったんです？」

「え、いや……」と答えに窮した。

「署まで御同行願えますか」

断る理由も浮かばず、促されるまま二階の廊下に出ると、ぐにゃりと視界が歪《ゆが》んだ。月が二重に見えている。

「お兄さん、臭いよ。どれくらい飲んだの」

「二、三本れすよ」

警官のあとに続き、アパートの階段を下りようとした瞬間、出した足がもつれた。ずるりと滑る。あ、と体勢がくずれたそのとき、背中に声が聞こえた気がした。

お前もこうなれ。

美酒の集いのメインディッシュは

柊サナカ

町工場の若社長、鈴村聡《すずむらさとし》は、この日のために新調したスーツを着る。なぜなら今日は、ある秘密の宴《うたげ》に呼ばれているからだ。その名も〝美酒の集《つど》い〟。

　この宴に誘ってくれたのは、取引先の社長である瀬戸一平《せといっぺい》、日本酒の話で馬が合い、二十三歳の聡を何かと目にかけてくれている。聡の父である先代の社長が急死してから、後を継いだ聡は、工場を存続させるために必死で働いてきた。方々で頭も下げた。お前のような若造に何ができると面と向かって罵倒されたこともある。大手企業の社長である瀬戸が目をかけてくれなかったら、とっくの昔に倒産していただろう。瀬戸は恩人でもあるが、仕事だけでなく、すべての面において尊敬できる人物だった。

　この秘密の宴〝美酒の集い〟、社会的地位も必要だが、参加を許されるのは酒をこよなく愛する人間、かつ現メンバー全員の承認が無ければ入会はできない。ただ金があるだけの味のわからない俗物などは、弾《はじ》かれる仕組みとなっている。

　ビールや日本酒は好きだが、ワインやシャンパンなどには疎《うと》い聡は、「そんな場に自分などが行っては、みなさまのご迷惑になります」と最初は断ったのだが、瀬戸は笑って、「君のような若手の会員は皆で歓迎するよ」と言った。

　瀬戸専属の運転手はさすがに運転が上手《うま》く、車は滑るように動いた。会場はある別荘を贅沢《ぜいたく》に貸し切って使用するようで、駐車場にはずらりと高級車が並んでいる。

　こういった場に慣れていない聡は、これから始まる宴に緊張していた。

メディアによく登場する有名企業の女社長や映画監督、青年実業家の姿を認めて、その洗練された雰囲気に圧倒される。メンバーは八人。聡は学もなく、経験も浅い自分のような者がこの場にいることに、まだ信じられない思いでいた。

この集いのことは瀬戸から聞いていた。最初は入手の難しい日本酒を手に入れて愉《たの》しんだり、蔵元やワイナリーを訪問する酒愛好家の会だったそうだが、次第に珍しい酒を探して飲むようになったという。沈没船から引き上げたワインや、ヒンドゥ神話のソーマを研究し、当時のレシピを再現して作らせた酒など。毒性のある美酒も、解毒剤を傍らに飲んだりもしたということだ。しかしどんなに贅を尽くそうとも、会が長く続けば刺激は薄れてくるものだ。高価な酒も、珍しい酒も飲み尽くしてしまった後では、次にどんな刺激が欲しくなるのか……。

部屋に、無音で巨大なモニターが下りてきた。何か映画でも始まるのだろうか、と思って聡が見ていると、町のざわめきが聞こえてくる。どうやら映像は居酒屋の入り口のようだ。画面の真ん中に髪の長い女がいた。黒髪が風にそよいでいる。もう半分酔っ払っているようだ。そこへ風に当たりに来たか、煙草《たばこ》を吸いに来たか、その女よりも少し若い男が現れる。生真面目《きまじめ》そうにワイシャツのボタンを一番上まで律儀に留め、度の強い眼鏡《めがね》をかけている。

「ねえ。こんなつまらない飲み会抜けて、どっか行っちゃおうよ」

女が囁《ささや》くように言うと、男は驚いたように目を見開いた。「えっ。いや、でも」「逃げだそう。ふたりで」女がじっと男の目を見つめる。時が止まったような中、風に裸電球だけが揺れている。

なんだろうこの映像は。聡は思った。そのふるまいからして、劇団員らしくはない。妙な生々しささえ覚える、これはいったい――ちょうど前菜が運ばれてきた。給仕がうやうやしくボトルを持って現れ、説明をするが、混乱している聡には何が何だかわからない。そこへテーブルに着いていた男が立ち上がった。

「これは日本の酒場、五百二十の地点をAI監視カメラで追跡、〝飲み会を抜けてどこかに行こう〟という意のフレーズが出たときに録画、会話を分析するシステムを開発しました。システム構築から三年、一番の出物がこちらです」

「素晴らしいわ。さすが天然モノの感情はいいわね。これから何かがはじまりそうな甘さと、自分の規範を外れることの恐れ、でももうすでに目の前の彼女に惹《ひ》かれつつあるこの感情が、すごく合うわ」女社長がグラスを軽く上げると、背の高いグラスに光の粒のような泡が細かく上がる。混乱したまま聡もグラスを手に取った。

瀬戸によると、過去の〝美酒の集い〟では、生演奏を聴きながら、また演劇を観ながら飲んだりしたこともあったそうだ。今日の趣向は、実際の人間の感情を肴《さかな》に酒を飲むらしい。

また次の映像が始まる。場面は夜だ。

女の子三人が「それじゃあ先生、今日はありがとうございました」と言いつつ目配せし合ってどこかに行ってしまう。どうやら同窓会的な飲み会だったらしい。酒を飲んで、ちょっと酔ってもいるようだ。背の高い先生は「おお、気をつけて帰るんだぞ」と言う。先生は三十代にさしかかったあたり、筋肉質で日に焼けているので、何かの運動部の顧問か、体育教師かもしれない。

先生の隣には、ひとりの女の子が残された。

「先生。わたしたちの約束守ってくれて、ありがとうございました。二十歳《はたち》になったら、部員のみんなでお酒を飲もうって」

「早いな。みんな二十歳か。大きくなったもんだ」

ふと、女の子が切実な目になる。「先生。わたし、大人になるまで待ちました。あのときの返事、聞かせてくれないんですか」

「早く帰れ。親が心配してる」先生は目を合わせずに言った。

「今日はわたし――」「俺はどこまで行ってもお前の先生だよ」と、タクシーに手を上げ、止めた。「さあ乗れ」「でも」タクシーの運転手に先生は一万円を手渡す。「この子の家まで」諦めたように女の子はタクシーに乗る。頑張って化粧してきたであろう目を伏せて。

先生はタクシーが見えなくなるまで見送ると、急に渋い表情を崩して、なんとも言えない顔になった。大きくため息をつく。「今日は、飲み直すか……」

「先生に片想いしている女子生徒のSNSを分析、数年にわたって追跡調査、撮影には新開発の鳩《はと》型ドローンを使用しました。仕込みには四年かかりましたが、今日の結果に満足です」

グラスを片手に賞賛の声が上がる。「自分を崩さなかった先生に乾杯といこう」「叶《かな》わなかったことで永遠になる青春時代のきらめきと苦み、これほどに酒を旨《うま》くする要素がありましょうか」

次の映像は男女がバーのカウンターに並んでいるところだった。男の服装がTシャツにラフな短パンと素朴なところが、凝ったデザインのワンピースを着た女の姿を、より洗練されたものに見せていた。

女が「ジンライム……いえ、ギムレットにしようかな」と言う。その慣れた仕草に男は「そういうの、飲むようになったんだな」と地元の訛《なまり》で言った。「前はサワーとかしか飲まなかったのに」

「いろいろ付き合いもあるから。仕事の飲み会とかもあるしね」と女は明るく言ったが、その明るい声が、よりこの場の空虚な雰囲気を生んでいた。二人ともよく見ればペアリングをしている。女の方は凝ったネイルアートに高そうな指輪を重ねづけしていて、そのペアリングはもはや目立たない。もう潮時だなと、どちらも行き止まりの雰囲気を感じていて、それでも口には出せなくて、二人とも運ばれてきた酒を無言で飲む。

「遠距離恋愛中のカップル七百組のSNSを分析して四年、お互いに感性の差を感じ始めているカップルを中心に撮影しました」

「映画の通りとはいかない、二人の人生の歯車がずれていく瞬間でありますね。趣がある」「遠距離恋愛の終焉《しゅうえん》の切なさの感情が、実に味を引き立てる」

この宴に連れてきてくれた瀬戸には悪いが、聡にはもう限界だった。耐えろ、耐えるんだと思っていたが、手元のグラスを一息に飲み干す。口の中を赤ワインが滑り降りていき、全身が見えない炎に包まれたようになるのを感じた。

死んだ父は、いつも自分の良心に正直であれと言っていた。父に恥じないような生きかたをする。

音を立ててグラスを置くと、全員の注目が集まった。

聡はテーブルに両手をついて立ち上がる。もう後戻りはできない。

「この映像の人たちは、みんな懸命に今日という日を生きています。みなさんの酒の肴や、宴の見世物として生きているんじゃありません。隠し撮りなんてあんまりです」

部屋は、いまや深海の底のように静まり返っている。

聡は「すみません、瀬戸さん」と隣の瀬戸に深く一礼すると、「失礼します！」と言い切り、部屋を後にした。ずんずん歩いていくにつれて、冷や汗が額に浮かび、背筋を汗が伝うのがわかった。つい背中が丸まりそうになるのを、必死で張る。瀬戸の逆鱗《げきりん》に触れたら、もう取引を打ち切られるかもしれない。そうなれば工場はどうなる、一生懸命に盛り立ててくれている従業員の未来は。それでも、聡には譲れないことがあった。人間の誇りを曲げてまで、誰かにへつらうことなんてない。もしこの結果どうなっても、責任は自分が取る。

その頃、部屋では瀬戸が立ち上がって皆の賞賛を浴びていた。

「いい。やはり生の感情というものは素晴らしいものですな。あの燃えるような眼差《まなざ》し、若さの極みの芳醇《ほうじゅん》さ。宴のメインにふさわしい」「〝失礼します！〟と言ったときに、やってしまったか……というような目の表情が一瞬よぎるのも佳《よ》さがありました」「あの感情の活《い》きの良さはやはり天然モノ、どうやってここまで？」

瀬戸は鷹揚《おうよう》に頷《うなず》く。「今日の宴のために四年がかりで関係性を育てました。なかなかいい味でしょう、彼。逸材です」

「若さって、やっぱりいいものね……」としみじみ言った女社長は、「それで、取引は打ち切るんですよね？」と瀬戸に聞く。

「いや、彼のエイジングも愉しみたいじゃないですか。この若さが抜けた後に何が残るのか。若さという酸味が落ち着いて、角が取れてもっとまろやかな人間になるか、それともきれい事だけでは生きていけないことを悟って渋くなるのか、世間に流され水っぽくつまらない味になるのか……」

聡は帰り道、コンビニに寄って、唐揚げと父の好きだった缶ビールを買った。プシュと缶を開け、ワンルームのベランダで一気に飲むと、冷えた泡と苦みが同時に喉を滑り落ちる。すべての疲れと緊張が指先から溶けていくようで、めまいがするほどに旨く、目を閉じてくぅーっと声を上げた。

それにしても腹が空《す》いた。聡は唐揚げを指でつまんではおばる。宴を途中で帰ってしまったからわからないのだが、今晩のメイン料理は何だったんだろう？

「父ちゃん。俺は、負けねえから！」聡は天の父に捧げるように、缶を持つ手を高く上げた。

真夜中の梅酒　咲乃月音

「どや？　美味《うま》いやろ？」

オトンが得意そうな顔で訊《き》く。しっかり煮込まれた牛筋はトロトロで、大根にも味がようしゅんだ土手焼きは確かに美味かったけど、俺は素直に返事できへん。土手鍋だけやなくて、小海老《えび》と玉ねぎのかき揚げ、きんぴら蓮根《れんこん》――、膳に並べられたオトンの手料理がどれも美味いんも、オカンの味とよう似てるんもまた悔しかった。

「これはちょっと酸《す》いな。漬けすぎてしもた」

きゅうりの漬けもんを口にしたオトンが眉根を寄せる。

――漬けもんまで……。

オカンがずっと大事にしてた糠床《ぬかどこ》がぱぁになってへんのは嬉《うれ》しいけど、そこまでしてるオトンに俺はモヤモヤしてしまう。

実家に戻るんは久しぶりやった。オカンの七回忌に戻って来た。家事なんて一切せえへんかったオトンやったから三回忌に戻ったときには家はわやくちゃになってた。今はもうどんな有様になってるんかと思うてたのに、四年ぶりの家の中はキチンと整えられて俺を狼狽《うろた》えさせた。オカンがいてたときに時間が戻ったような家の中に、おかえり――と、オカンがどっかからひょいと顔を出しそうな気ぃさえした。けど、オカンは仏壇の前の写真立ての中にやっぱりいてて。

落ち着かん思いで家の中を見回してたところにオトンが帰ってきた。

「なんや、戻ってたんか」

それだけ言うてオトンは、俺の前をスタスタと通りすぎて縁側から庭におりる。

「はよせな、夕立がきそうや」と、独り言《ご》ちながらオトンがテキパキと洗濯もんを取り入れる。その手慣れた様子も、その後に、見たこともない前かけ姿のオトンが手際よく夕飯の支度をするんも、俺は狐《きつね》につままれたみたいな気分で見てた。

ひと一人が死んだところで世界は変わったりせえへん。けど、この家はオカンの世界やった。四年前の荒れた家の様子は辛《つら》かった。けど、そうなって当たり前やとも思う俺もいた。オカンがいなくなってしもたんやから。オカンがいてこそ平穏無事に何もかもが廻《まわ》ってた。俺はずっとそれをオトンに思い知ってほしかった。オカンをちっとも大事にしてへんかったオトンに。

オトンがオカンに優しい言葉をかけたのなんて見たことがなかった。

「おまえの嫁はん、料理うまいなぁ」

うちに招かれたお客がみんな口を揃《そろ》えてそう言うんに、それ以外取り柄ないと、オトンは決まって横柄《たんび》に答えて、そのくせ、どや、うまいやろ？　と、いちいちお客が料理を口に運ぶ度に、まるで自分が作ったみたいに自慢げな顔をした。オカンはそんなオトンのことを気にしてる風もなく、いつもおっとりと笑うてた。俺はというたら、オカンを労《いたわ》ることもなく、縦のもんを横にもせんようなオトンが手柄を独り占めしてるみたいで俄《が》然《ぜん》気にくわへんかった。俺はオカンが大好きやったから。

　そのオトンが、俺との夕飯のためにまめまめしくというてええほどの様子で立ち働いてるんが俺をひどく居心地悪くさせてる。何のつもりやねんと身構えて、気持ちの芯がかたくなってるんがわかる。


　オカンが入院して、もうアカンとわかったとき、オトンは病室でオカンに怒鳴った。何でこんなことになるんやって。それからは碌《ろく》に見舞いにも行かんと、たまに行っても、いつもむっつりと怒った顔をしてた。そんなオトンをオカンは相変わらずおっとりと受け止めてたけど、ある日また、久しぶりに顔を見せたオトンに言うた。

「堪忍やで」

　そう言うてオカンは両手を合わせて、心底すまなそうな顔をした。それがオトンが耳にしたオカンの最期の言葉やった。それからしばらくしての今わの際には間に合わへんかったオトンは、勝手に死ぬな、堪忍なんてせんぞっと、もう冷たくなったオカンに怒鳴りつけ、俺をひどく憤らせた。


「これ、飲まへんか？」

　ゴトンとちゃぶ台に置かれたもんに俺は自分の目を疑《うたご》うた。大きなガラス瓶いっぱいの梅酒やった。

「わしが漬けたんや」

言葉も出えへん俺に、オトンがまた得意気な顔をする。

「ロックでええか？」

俺の返事を待たんと、オトンがトクトクと俺の目の前のグラスに飴《あめ》色の梅酒を注ぐ。

「そんなん——、飲むかっ」

思わず立ち上がった俺の肘が当たってグラスが倒れて、ガチャンッと思うたより大きな音を立てて割れた。

「どないしたん？」

声に振り向いたら千夏《ちなつ》おばちゃんが立ってた。

「久しぶりにとし坊が来るいうから来てみたけど、一体なんの騒ぎやのん」

オトンと俺と割れたグラスに交互に視線をやりながら、オカンとよう似た下がり眉をひそめて、オカンの姉貴の千夏おばちゃんは呆《あき》れたように肩をすくめた。

オトンは大酒飲みではなかったけど、それなりに飲むし、お酒は好きやった。オカンも実は案外いける口やった。けど、女の酒飲みは好かんという、いかにもうちのオトンらしい理不尽すぎる考えにオカンは律儀に従《したご》うて、オトンの前でお酒を口にすることは滅多になかった。

そんなオカンは、みんなが寝静まってから、時折ひとり台所で梅酒を飲んでた。それを知ったんはたまたまで、ある夜中、目が覚めて隣りにいてへんオカンを探した俺は、灯《あか》りを落とした家の中、台所でひとりひっそりと流し台のパイプ椅子の上に座るオカンを見つけた。その背中はやけに淋《さび》し気に見えた。

「お母さん」

「あら、とっちゃん起きてきたん」

ちょっと躊躇《ためら》いがちな俺の声に振り向いたオカンはいつもの笑い顔でほっとした。

「お母さん、僕も麦茶ちょうだい」

オカンの手元のグラスに寝ぼけ眼《まなこ》をあてた俺の言葉にオカンは吹き出した。

「これ麦茶とちゃうよ。お母さんの好きな梅酒っていうお酒。ちょっと飲んだら元気出るお薬みたいなもん」と、悪戯《いたずら》っぽく首をすくめた。元気出るって言うけど、薄暗い中のオカンの顔は昼間よりも青白く見えてやっぱり淋しそうで。

「お父さんも飲むかなと思うて漬けてみたけど、梅酒は好かんって口もつけはれへんし。まぁ、おかげでこれ全部、独り占めできる」

流し台の上に置かれた大きなガラスの瓶には梅酒がたっぷり入ってる。

「僕、飲んでみたい」

ほんまにそう思うたわけやなかったけど、そう言うたらオカンが喜んでくれそうな気がした。

「え？　ほんまに？　ううん、どないしょ、ほな、ほんのちょびっとだけ飲んでみるか？」

俺の顔をうかがいながらオカンが差し出したグラスに、そおっと口をつけた。

「何をしとるんや」

低い声が割って入った。ぎょっと振り向いたら、オトンが仁王立ちになってた。

「こそこそ隠れてアル中みたいに酒飲みやがって。まだ子供の俊《とし》にまで酒飲ませてっ」

怒鳴り声と共にオトンが俺の手をグラスごとはたいた。床に落ちたグラスはガチャンと大きな音を立てて割れ、梅酒がそこら中に飛び散った。今日の晩と同じように。

「お父さん、よう頑張ってるやん」

壊れたグラスも汚れた辺りもひとり黙々と片付けたオトンが、もう寝るとだけ言うて自分の部屋へ引き揚げた途端、千夏おばちゃんがしみじみと言うた。

「何にもできへん人やったのに。わたしが一からみっちり仕込んだんやで」

わたしの腕は大したもんやと、千夏おばちゃんが力こぶを作って茶目っ気のある顔をしたけど、俺の波立った気持ちはまだおさまってへんくて。

「今更なんやねん。オカンへの罪滅ぼしのつもりかなんか知らんけど」

苛立《いらだ》った声を出した俺を千夏おばちゃんがじっと見る。

「罪滅ぼし――それもあるかもしれへんけど、一番はとし坊のためとちゃうか？」

――俺のため？

「オカンの次はこの家も踏みにじる気かって――三回忌のときのあのとし坊の言葉、こたえたみたいやで」

三回忌で戻ったとき、とっ散らかって、仏壇にまで埃《ほこり》が積もった家の中の様子に、俺はそんな言葉をオトンに投げつけたんやった。

「母親を亡くした上に、帰る家も失《の》うなってしもたような――そんな辛い思いさせたないって」

「オトンがそんなことを？」

「いや、そう思うたんちゃうかなっていう話や。あんたのお父さん、そんなん口にする人ちゃうやんか。けど、あの三回忌のあと、家をちゃんとしたいから手伝《てつど》うてほしいって、それはこの耳でほんまに聞いた」

「ほんまのとこはなにを思うて――」

「それは自分で訊いてみ。わたしは伝書鳩《でんしょばと》とちゃうんやから」

なっと、千夏おばちゃんがオカンによう似た丸っこい手で俺の背中をポンポンと励ますように叩《たた》いた。その手つきもオカンによう似てて、オカンにそうされたみたいやった。

寝付かれへんかった。オトンも寝付かれへんかったんか、階下《した》で気配がするんが床の畳越しに俺の耳に伝わってくる。天井の木目をしばらくの間睨《にら》みながら考えたあと、俺はのっそりと起き上がって階段を下りた。

オトンは仏壇の前におった。俺の気配に気づいて振り返ったオトンは何とも言えんバツの悪そうな顔をしたあと、「飲めへんか?」と、低い声で訊いて目をそらせた。

ちょっと迷うたあと、俺はしぶしぶと腰を下ろした。オトンの前には、梅酒の瓶とグラスが二つ盆の上に置かれてる。気詰まりな空気の中、遠くで鳴く虫の声をしばらく聞いたあと、オトンが口を開いた。

「命日やしな、小春《こはる》と晩酌でもしょうかと思うて。わしの梅酒も悪うないけどな。小春が漬けたんはきっとずっと美味かったはず――」

そこまで言うてオトンがぐっと声を詰まらせたんに思わず見たら、その頬を涙がすうっと伝《つと》うてた。

「堪忍してくれ」と、しゃがれた声で絞り出すようにそう言うて、オトンはグラスの梅酒をぐいっと飲んだ。思わぬオトンの涙に俺の胸も詰まってた。どうしてええかわからんで、助けを求めるように目を向けた俺に、仏壇でおっとり笑うオカンがかすかに頷《うなず》いたように見えた。

そろりとグラスに手をのばし、そっと口をつける。

――これを飲み干したらオトンに訊いてみようか。色んなことを。

遠くに聞こえてた虫の音が、いつのまにか随分近くで鳴いていた。

運命の女　三日市零

「マスター。最近ここらで『運命の女』が現れるって噂《うわさ》、ご存知ですか」

新宿の外れにあるオーセンティックバー『エリクシール』。店内に他の客がいないことを確認すると、常連客の田中聡《たなかさとし》はいつになく真剣な顔で口を開いた。

グラスを拭きながら、つい首を傾《かし》げる。

「聞いたことがないですね。『運命の女』なんて、ロマンティックな響きですが」

「いや、むしろ怖い話なんですよ。職場の後輩が遭遇した不思議な出来事でして」

深刻な声音に、思わずカウンター内で居住まいを正す。田中の勤務先は新宿警察署、つまり職場の後輩とは警察官のはずだが――怖い話とは一体何事だろうか。

戸惑いを察したのか、田中は自虐的な笑みを浮かべている。そのまま残っていたドリンクを飲み干すと、田中はおもむろに「怖い話」の詳細を語り始めた。


先週の金曜日、二十一時頃。田中の後輩――峯岸翔太郎《みねぎししょうたろう》は近くのバーで一人、酒を飲んでいた。適当に入った店はクラブも併設の騒がしい空間で、静かに飲もうと思っていた峯岸は当初、肩透かしを食らったそうである。

それでも店の雰囲気は居心地の悪いものではなく、峯岸はカウンター席で小一時間ほどグラスを傾けていた。すると突然、隣の席にいた女性に話しかけられたのである。

女性は栗色《くりいろ》のロングヘアーに明るい笑顔が印象的で、峯岸としては「正直ラッキー」だった。運命の出会いなどと思ったわけではないが、やはり女性のほうから声をかけてきてくれるのは素直に嬉《うれ》しい。

酔ってはいたものの、職業を聞かれた際に「公務員」と答えるだけの分別はまだ残っていた。峯岸は女性に酒を奢《おご》りつつ、たわいもない会話を楽しんでいたが、ふと手洗いに立ってから席に戻った直後、強烈な眠気に襲われた。

次に気がついた時には、既に閉店間際、〇時近くになっていた。バーテンダーに揺り起こされた峯岸が隣の席に目をやると、既に女性の姿はない。

慌ててバーテンダーに尋ねると『お客様はずっとお一人で、そんな女性はいらっしゃいませんでした』と、信じ難い答えが返ってきた。入り口付近にいた客も『そんな女性は見ていないし、店からも出ていない』と、にべもない回答である。

峯岸は狐《きつね》につままれたような気分で店を後にするほかなかった。


話が終わると、田中は深々とため息をついた。

「峯岸が言うには、とにかく魅力的な女性だったそうです。小柄でグラマラスで話し上手で、本当に可愛《かわい》らしかったと」

「なるほど。煙のように消えてしまった一夜限りの女性——正に『運命の女《ファム・ファタール》』というわけですね」

聞いているうちに、今の話にぴったりのカクテルを思い出した。

酒棚《バックバー》からブランデーとクレーム・ド・カシスを、ワインクーラーからデュボネを、冷蔵庫からブドウジュースを取り出し、十五ミリリットルずつ計量する。全ての材料をシェイカーに入れてシェイクし、カクテルグラスに注げば完成である。

「お待たせしました。こちら『運命の女《ファム・ファタール》』です」

突然カウンターに出された赤紫色のドリンクに、田中は目を丸くしている。「店からのサービスですよ」と手で促すと、田中はこわごわ口を付け「ブドウの味ですね」と、捻《ひね》りも何もない感想を漏らした。

張り合いのないリアクションに苦笑しつつ、話題を戻す。

「確かに怖いと言えば怖い話でしたが、ありがちな気もしますね。不思議な思い出として、心の片隅に置いておけばいいのでは」

「ところが、そうもいかないんですよ。峯岸の奴、どうもその時に財布から金を抜かれたみたいで」

「え！　警察が窃盗被害に遭ったということですか」

「いやもう本当に、お恥ずかしい話で……」

田中はまるで自分のことのように、頭を掻《か》きながら恐縮している。ロマンティックから一転、きな臭い展開に、田中が僅《わず》かに声を潜めた。

「とはいえ結局、被害届は出されてないんです。あくまで『酒の席でやらかした話』で、本人もさほど気にしてないようで。まぁアイツが酔ってポカしただけならいいんですが……気になったので、興味本位で近所の店を回ってみたら、どうも他に四、五件、同じような出来事があったみたいなんですよ」

「その方々も、被害届は出されてないんですか」

「えぇ。皆、眠ってしまって記憶が定かでないのもありますが、犯人の手口も巧妙なんです。カード類には手を付けず、現金も万札一枚ぐらいは残しておくようですね。被害者が諦めるギリギリのラインを狙っているんでしょう」

他の被害者も似たような状況となると、峯岸が感じた「強烈な眠気」も、単に酔っただけとは考えづらい。もし薬でも盛られたとなると、一気に事件性が増してくる。

田中は無念そうに目を瞑《つむ》ると、本日二度目のため息をついた。

「何より不思議なことに、女性についての証言が全く一致しないんですよ。峯岸が会ったのは『栗色のロングヘアー、小柄でグラマラスな女性』でしたが、『黒髪のショートヘアー、長身でスレンダーな女性だった』と証言する人もいる。『運命の女』の風貌が今ひとつはっきりしない。これじゃ聞き込みもできません」

田中のぼやきを聞きながらも、内心は穏やかではなかった。近所で窃盗らしき事件が複数回起こっているなんて、明日は我が身、いや我が店である。

バックヤードから近隣の飲食店マップを取ってきて、田中の前に広げる。

「『運命の女』の被害疑惑があった店はどこでしょうか」

田中は記憶を辿《たど》るように視線を彷徨《さまよ》わせると、いくつかの店に赤丸を付けた。うちのような「昔ながらのバー」ではなく、スタンディングバーやスポーツバーなど、比較的若者向けの五店舗である。

「五カ所ということは、同じ店で被害は出ていないということでしょうか」

「ええ。何故《なぜ》か各店、一回ずつのようですね。曜日は共通して金曜でしたが、同じ日ではないようです。もちろん、こちらで把握してる限りですが」

事件は金曜日にどこかのバーで起こり、被害金額はさほど多くない。犯人と思われる女性は見る人によって姿が違い、店の入り口から出ていった形跡はない。

マップを眺めながら考えを巡らせる。五カ所の店は系列も業態も様々で、「バー」という以外に共通点はないように思える。

いや、待て。これらの店は確か――

スマホの検索結果を元に、マップ上の三店舗に追加で星印を付ける。

「田中さん。同僚の皆さんにも協力を仰いで、金曜にこの三つの店の裏口を見張ってもらえますか。時間は各店舗、閉店一時間前ぐらいからでいいと思います」

翌週の月曜日、開店準備をしているところに、田中が息を弾ませて入って来た。

「当たりでしたよ、マスター。ちょうど僕が見張ってた店の裏口から女性が出てきてタクシーに乗ろうとしてたので、職質をかけたら……ビンゴでした」

どうやら入れ知恵が功を奏したらしい。田中は出されたばかりのお冷やを一気に飲み干すと、不思議そうに首を傾げた。

「それにしても、どうして次のターゲットの店がわかったんですか。バーなんて、それこそ近所に何十店舗もあるでしょう」

予想通りの問いに、ブックマークしておいたスマホのサイトを見せる。スタイリッシュなデザインのページに、見覚えのある店舗名が並んでいた。

「被害があった店には共通点があったんです。狙われた店は皆『女性一人でも安心して飲めるバー』認定を受けていたんですよ」

田中はまだ釈然としない様子だが、いったん無視して続ける。

「そもそも、見る人によって姿が変わる女性なんて有り得ません。だとしたら答えは一つで『同じ手口の窃盗を繰り返している女性が複数存在する』ということになります。恐らく組織的な犯行でしょう」

「ええ、仰《おつしや》る通りです。僕が捕まえた女性も、そのように話してました」

組織的な犯行であれば、事件の傾向に規則性があったことも頷《うなず》ける。決行はバーに最も多く客がいる金曜日、時間帯は最も客が騒ぎづらい閉店間際と、成功率が高いノウハウを仲間うちで共有していたのだろう。

　田中は考え込むように顎に手を当てていたが、やがて静かに口を開いた。

「結局、マスターはどうして犯人が裏口から出たことに気付いたんですか。入り口から出ていないなら裏口から、という理屈はわかるんですが、バーテンダーの『そもそもそんな女性はいなかった』という証言もありますし……」

「簡単ですよ。嘘《うそ》をついていたからです、バーテンダーたち全員が」

　田中が目を見開いた。

「もちろん、彼らも悪意で口裏を合わせたわけじゃありません。この業界では有名なドリンク――『エンジェルショット』に則《のっと》って、彼女らを逃がしたまでです」

「エンジェルショット……カクテルか何かですか？」

「いえ、実際に存在するドリンク名ではなく、バーテンダーだけに通じる一種の『符《ふ》牒《ちょう》』です。女性がバーで男性から逃げたい時、相手に気付かれないよう、カクテルを注文するふりをして助けを求める方法なんですよ」

　元々、エンジェルショットは女性を守るために生み出されたものだ。注文方法も様々で「ストレート」は「移動できるようエスコート」を、「ロック」は「タクシーの手配」を、「ライム」は「警察への連絡」を、それぞれ要請できる。

「犯人は被害者の財布からお金を抜いた後、『エンジェルショットをロックで』と注文したんでしょうね。経験のあるバーテンダーなら即座に意味を理解し、タクシーを呼んで裏口から逃がしてくれるでしょうから」

「なるほど。だから現場は全て『女性一人でも安心して飲めるバー』の認定店だったんですね」

「えぇ。有名なサービスとはいえ、全てのバーで通用するとは限りませんから」

田中は得心したように頷くと、背後の酒棚に目をやった。

「いやぁ、そんなシステムがあるなんて全く知りませんでした」

「作られた主旨からすると、むしろ男性には知られていないほうがいいんです。田中さんも、関係者以外には広めないようお願いしますね」

カウンターに載ったままのスツールを降ろしつつ、開店準備を再開する。

「実は以前、うちでも『エンジェルショット』の注文があったんですよ。うまく裏口から退店いただいて……後日、女性からお礼の手紙が届いた時には、微力ながら力になれたことを嬉しく思ったものです」

喋《しゃべ》りすぎだとは思ったが、それでも言わずにはいられなかった。

「本来なら、困っている女性を助けたいという善意から生まれたサービスなんです。それを女性サイドから悪用する人が出てくるなんて、悲しいことですよね」

終電が終わったのは覚えている

浅瀬明

この時間が堪《たま》らなく好きだ。

靴を脱ぐと、アスファルトがまだ湿っているのが靴下越しでも分かる。香澄《かすみ》は踵《かかと》の高い靴を手に持ったまま、ふらふらと覚束《おぼつか》ない足取りで寝静まった街を歩いている。雨が止《や》んだばかりの曇り空は、地上の光を反射して少し明るい。時々、車の通りすぎる音がするだけ。普段騒がしい街がとても静かで、気持ちがいい。

コンビニの前を通りかかるたびに、香澄は立ち止まる。店の明かりの眩《まぶ》しさに目を細める。足を止めているのに、視界はぐらぐらと揺れていた。アイスでも食べちゃおっかなあ、と一人で呟《つぶや》く。店で十分すぎるくらいに食べてきたはずだが、酔いのせいで満腹中枢が機能していないのかもしれない。ああ、でも明日仕事だし、早く帰らなくちゃ。その言葉で誘惑を断ち切って、また歩き出す。

どれくらいの時間歩いたかは忘れてしまった。でも、あと駅一つ分のところまで来ている。すでに二駅分ほど歩いていた。終電がなくなるまで酒を飲んで、酔ったまま歩いて帰るのには慣れている。タクシーは使わない。記憶がおぼろげになって、意識がふわふわとしている中を、淡々と歩くのが香澄は好きだった。まともに働かない頭で、ぼんやりと街を見回す。ぐらぐら揺れる景色が、なんだか楽しい。ひとりだというのにくすくすと笑ってしまう。ああ、ずっとこうしていられたらいいのに。明日なんて来なければいいのに、と。

就職して三年目くらいから、香澄のお酒を飲む量はぐっと増えた。同僚と仕事終わりに飲みに出かければ、前後不覚に酔っ払うまで何軒もはしごした。終電を逃すことなどざらだったし、日が昇るまで飲むことも多々あった。二日酔いがきつくて、仮病を使って仕事を休んだこともある。最初は仕事のストレスのせいだったのかもしれないが、徐々にそれが日常になった。いつからか、家で一人でも飲むようにもなった。安いウイスキーを炭酸で割って、配信サイトの海外ドラマを何話も見続ける。次のシーズンを見るために、また酒の瓶を買い足した。

泥酔するまで飲むのが悪い癖なのは自覚している。それが原因で何度も恋人に振られた。振られたことで酒を断とうと決意するのが賢い選択なのだと分かっているが、香澄は寂しさを紛らわすように酒を飲んだ。ひどく酔っ払っている間だけは、とても楽しい気分でいられた。今もどんよりとした曇り空が綺麗《きれい》だと思うし、水たまりで濡《ぬ》れたソックスを気持ちいいと思うし、汚れたガードレールでも平気で触る。素面《しらふ》だったら、そんなこと絶対にない。酔っている時だけは無敵だった。

ただ、さすがに歩き疲れてきて、香澄は休憩しようと一旦ガードレールに腰掛けた。まだ濡れていて、下着まで少し湿った。そこで香澄ははっと気づいた。

傘を忘れたかもしれない。

今両手には靴とバッグしか持っていない。今日香澄が持っていた傘は、ブランドがコラボした限定の商品だ。お気に入りの傘だった。あれをなくすのは非常に惜しい。店から店へと移動するときは傘をさしていたはずだ。だから、きっと忘れたのは最後に飲んでいた店のはず。

　香澄は酔った頭を落ち着けながら、靴を置いてバッグからスマホを取り出す。ラインの通知が何件か入っていたが、それは無視をした。酔っている時に返信すると、ろくなことにならないのはすでに何度も学んでいた。今日行った三軒目の居酒屋の連絡先を調べようと、グーグルを開く。しかし、そこで手が止まった。どこの店だったか、全然思い出せない。高円寺《こうえんじ》の、確か洋風の騒がしい店だったはずで、隣の席には美優《みゆう》が座っていた気がする。美優に聞けばいいか。香澄は美優の連絡先を開いて、電話を掛けた。七コール目で電話がつながる。

「えー、かすみ、どしたの」

　美優の眠たそうな声がスピーカーから出た。

「みゆー、ごめん。もお、ねてた？」

「何時だと思ってるの。当たり前でしょ」

　さっきまで一緒に飲んでいたと思っていたのに、美優はもう家に帰って寝ていたのかと香澄は驚く。自分が思っているよりもだいぶ長い時間歩いていたのかもしれない。

「ごめん、ほんろに」

「呂律《ろれつ》、回ってないし。かすみ、あんたどんだけ飲んだの」

「えっと、わきゃない」

「まあ、そっか」

電話越しでも美優が呆《あき》れているのが分かる。

「かさ、わすれちゃって」

「傘?」

「そう、かさ」

「あー、三次会の店を出た時は雨降ってたし、たしか、その時はかすみ傘さしてたよ。次の店で忘れたんじゃない?」

「つぎの?」

「行くって言ってたでしょ。私は帰ったけど」

「うっそ」

「それも忘れたの。やばいね」

「やばいかー」

香澄がけらけらと笑うと、美優は大きなため息をついた。

「なんで喜ぶの」

「ほめれる」

「貶《けな》してるよ」

美優と話し出すと、傘を忘れて焦っていたことなどすっかりと忘れてしまった。やっぱり美優と話すのは楽しい。香澄はそう思って嬉《うれ》しくなる。

「ありがろ」

「貶してんだって。それより次の店なら、かすみの同僚の菜々子《ななこ》さんだっけ、に聞いたらいいんじゃない。かすみってば、その人の腕摑《つか》んでもう一軒行こうって駄々こねてたし」

菜々子の顔が浮かぶ。そういえばもう一軒行った気がしてきた。確か、朝まで開いてる大衆居酒屋。

「だだこね、とかじゃない」

「忘れてるやつが反論するな」

「ごめん」

「今日は誘ってくれてありがと、嬉しかったよ」

「うん」

「かすみ、やっぱり雨女だったね」

「あめ、やんれるよ」

「今は、でしょう、ほぼ一日降ってたじゃない」

「えー」

「あと、さっさと寝ろ」

美優はそう言って一方的に電話を切ってしまった。まだ話し足りなかったなと、香澄はスマホに表記された美優の名前を名残《なごり》惜しく眺める。ふと、スマホの時間を見るとすでに時刻は三時を回っていた。明日は月曜日なのにと、気分が滅《め》入《い》る。あと三十分で帰って寝て、六時半に起きれて仕事に行けるだろうか。本当はまだ、しばらくこうして酔って歩いていたいのに。

香澄はガードレールから腰を上げると、今度は歩きながら菜々子に電話を掛ける。大酒飲みで、奈々子は会社の三つ上の先輩で、仕事帰りによく一緒に飲みに行く間柄だった。大酒飲みで、香澄が酒の魅力にはまってしまったのは奈々子の影響が大きい。

菜々子は三コール目で電話に出た。

「香澄ちゃん、今どこ？」

菜々子は電話に出るなり険しい声をしていた。

「えっと、かえるおちゅう」

「途中って、どこ？」

電話の向こう側はやたら騒がしく、奈々子の声が聞こえづらい。

「おぎくお、すぎらあたり、かも」

「大馬鹿」

「え、ななこさん、ひど」

「西荻窪《にしおぎくぼ》のマンション、もう引き払ったって言ってたじゃない」

香澄はそこでやっと自分が引っ越したことを思い出した。

「あした、しごと、どうしよ」

最初に思ったのは素直にそれだった。

「本当に馬鹿」

「ひど」

「あのね、香澄ちゃん、あなたはお手洗い行くって言って出てったと思ったら、いつの間にかいなくなってたのよ。電話かけても出ないし、ラインに返事もないし」

奈々子の怒気に満ちた口調は、どこか安堵《あんど》しているようでもあった。

「すみあせん、でも」

「でも？」

「かさ、わすれちゃかもって、みゆにでんあして」

言い訳しようとしてみるが、酔った頭では上手《うま》く言葉が出てこない。

「傘？」

「かさ、ぶらんごの」

「もお、香澄ちゃん、忘れ物は傘どころじゃないでしょ」

「えー、でも」

「でもが多い」

「でも」

「新郎、ここに忘れてるから。自分で酔い潰したくせに、置いて帰らないでよ。こいつ、起こそうとしても全然起きないし。寝言であなたの名前ばっか呟いててきもいし」

奈々子に言われてからまた思い出す。そういえば、潰れるまで一緒にお酒を楽しんでくれる人を見つけたのだった、と。

「ああ、いま、けっこういいきぶんかも、です」

「そう、忘れて帰るくらいの新郎でそう思えるなら良かったね」

これだからお酒はやめられないな、と香澄は思う。

「それから、忘れてるみたいだけど、明日は仕事休みだって自分で言ってたでしょ」

その一言で香澄の顔に大きな笑みがこぼれた。

「えー、やっぱ、それ、さいこうりゃないですか」

「そうね、おめでと」

下戸探偵、バーに行く　貴戸湊太

「えっと、ウーロン茶はありますか」

散々悩んだ末、俺は小声でオーダーした。しかし、高級感のある夜のバーカウンターでは場違いな発言だったに違いない。アルバイトらしき二十代の女性は目をぱちくりさせ、お客様、と丁寧な口調で返事をした。

「どうしてもウーロン茶をお飲みになりたいのでしたら、ご提供いたします。ですが、ウーロン茶を使ったカクテルもご用意できますよ。お口に合うかと思います」

「そう……ですか。ではそのカクテルを一杯ください」

押し切られてしまった。俺は後悔しながら、彼女の隣にいたバーテンダーを見る。四十、五十代ぐらいで細身の男だ。俺たちのやり取りを聞いた彼はカクテルを作り始める。カップに氷とウーロン茶、さらに正体不明の液体を混ぜて、細長いスプーンでかき混ぜる。そんな動作を、わけも分からず見ていることしかできなかった。

この時点で、早くも後悔し始めていた。いくら仕事だとはいえ、下戸《げこ》の俺がこんな場所に来るべきではなかった。俺は一滴だって飲めないぐらい酒が苦手なのだ。だが、来てしまった以上は仕方がない。最後まで仕事を完遂するだけだ。

「お待たせいたしました。――です」

アルバイトの女性が、脚の長いグラスに入ったカクテルを差し出してくる。カクテルの名前を告げられたようだが、よく頭に入ってこない。俺は酒の知識は皆無に等しいのだ。

ただ、差し出されたカクテルを口にしないわけにはいかない。俺はグラスを持ち上げ、恐る恐る口をつけた。果実の甘味がありながら、ウーロン茶らしい爽やかな味わいが同居している。一瞬、悪くない、と思った。

しかし、俺は二つの意味で待て待てと自分に言い聞かせた。一つは、下戸の俺はこんな飲み物とは縁がないという意味。もう一つは、今は仕事中だという意味だ。

グラスをカウンターに置き、そっと横目でテーブル席を窺《うかが》う。その瞬間、男性の遠慮のない笑い声がした。

「だからさあ、嫁さんが酒飲むなってうるさいんだ。健康診断で数値がヤバかったでしょう、って。もう、面倒くさいったらないよね」

太った四十代ぐらいの男性だった。お腹《なか》が出ていて、いかにも健康診断に引っかかりそうな体格ではある。だが、髪はしっかり整えられていて顔の皺《しわ》も少ない。エネルギッシュな印象を受けた。

「俺がカクテル好きなのを知っててそういうこと言うんだ。ホントつらいよ」

彼の周囲には若い女性が何人かいた。うんうんと頷《うなず》く彼女らに向かって、男性は夫人への不満を垂れ流し続けていた。彼ら以外の客は、カウンター席の俺だけなので、声のボリュームを調整する気はないらしい。

そんな彼の姿を、スマホのカメラで密《ひそ》かに撮影する。文句を言われている当の夫人への報告書に添付するためだ。

数日前、俺が個人で経営している探偵事務所に依頼人がやって来た。若い女性だったが、妙に身なりが立派だった。どうやら金持ちらしい。これで溜《た》まっている家賃が払えるとほっとしたが、依頼内容は、何と酒に関わることだった。酒だけはちょっと、と喉元まで言葉が出かかったが、大家にまたぶつぶつ嫌味を言われるのは面倒だ。そこで俺は、彼女の依頼を受けた。何とも平和な内容の依頼だ。

——毎晩、夫が外でお酒を飲んでいないか確かめてほしいんです。

夫人曰《いわ》く、彼女の夫は健康診断で酒を断《た》つよう勧告されたのだという。これ以上飲むと命にかかわるとまで言われて。それ以来、夫は家では酒を飲まなくなったが、その代わり毎晩仕事だと言って出掛けてしまう。酒好きの夫はバーをいくつか経営しているので、そのバーを回っているのなら、夜に出歩くのは不自然ではない。ただ、そのバーでこっそり酒を飲んでいないか心配なのだという。

こんな案件、探偵に頼むまでもないだろう。だが夫人は、自分は酒場の雰囲気が苦手だし、他に頼れる人もいないと涙さえ見せた。金持ちにもなると、周囲の人物にさえ油断ができないらしい。夫のことが心配で、と言う彼女に少し同情してしまった。

そんなわけで、俺はこのバーで問題の夫を監視している。彼はカクテルのグラスを次々空け、俺に分からない酒の名前を告げては女の子に夫人の愚痴をこぼしていた。

「嫁さんにも、カクテルの魅力を分かってほしいよ。どうして分からないかな。あ、リサちゃん、これもう一杯」

男性は馴《な》れ馴《な》れしく、アルバイトの女性を呼んだ。彼女は一瞬眉をひそめたようだったが、すぐに微笑《ほほえ》んでバーテンダーにお代わりを依頼する。だが、彼に目配せされて、酒瓶——ラベルにアルコール度数一〇パーセントと書かれている——を取り出した時、大声で笑う男性の方へ刺すような視線を向けていた。

「あの男の人、前からの常連なんですか」

俺はアルバイトの女性に小声で尋ねた。彼女はちょっとびっくりしたように酒瓶を一旦置き、声を潜めて、いえ、と首を振った。

「この店のオーナーさんです。でも、以前はほとんど来られませんでした。来られるようになったのは最近になってからです」

なるほど、と頷いてみせる。オーナーだということは知っていた。ただ、最近通い始めたというのは新しい情報だった。俺は、先ほどの酒瓶がバーテンダーに渡り、グラスに注がれるのを見ながら一人頷いた。もういいかなと思い、俺はお代を払ってバーを出る。その際、アルバイトの女性と背中がぶつかって、運んでいたカクテルが全てこぼれてしまった。先ほどの酒瓶の中身が混ぜられたカクテルだ。すみませんと謝ったが、大丈夫だと言われたので外に出る。思ったより勢いよくぶつかってしまったので、バーの雰囲気にあてられて酔いでもしたかと、己の下戸ぶりが情けなかった。


「ああ、奥様。どうされましたか。オーナーから何か?」

再び例のバーに、俺はいた。今度は準備中の昼間のことだ。俺を伴って店を訪れた夫人を、バーテンダーは一人で出迎えた。

「開店前で申しわけないですが、どうぞお座りください」

バーテンダーは夫人と俺に椅子を勧めた。そこで俺の顔をようやく認識したらしい彼は、あの時の客、と言いたそうな怪訝《けげん》な顔つきをした。

「こちらの探偵さんの報告書を読みました。どういうことでしょうか」

夫人はテーブルに書類の束を叩《たた》き付けた。その書類には、カクテルを飲む男性の写真が何枚も貼り付けてあった。バーテンダーは目を見張る。

「夫は健康診断でお酒を断つよう言われたんです。それなのに、こんなことを。昨日来た新しい健康診断の結果もさらに悪くなっていました」

「奥様。何か勘違いされているようです。当店は確かにバーではありますが……」

バーテンダーは慌てたようにメニュー表を差し出した。

「当店は、近年流行しているモクテル――いわゆるノンアルコール飲料専門のバーです。酒類は一切提供しておりません。ですから、お酒を禁止されたオーナーが最近になって通い始めたのは当然のことなんです。当店でなら、アルコールを摂取せずとも、お酒を飲む雰囲気を味わえるのですから」

モクテル専門店――当然、俺もそのことを知っていた。だから、下戸なのに出されたカクテルを飲んだのだ。アルコール成分が入っていないと分かっていたから。尤《もっと》も、最初に注文方法が分からずウーロン茶を頼んでしまったのは失敗だったが。

「お分かりいただけたのなら、もうよろしいですか。準備がありますので」

バーテンダーはどうだと言わんばかりに、俺をにらみ付ける。だが、夫人はなおも怒りを表情に滲《にじ》ませていた。

「きちんと報告書を読んでください。最後までです」

バーテンダーは怯《おび》えた顔をして、報告書をめくり始めた。一枚、二枚、三枚……。

その表情は、色合いを変えるカクテルのようにどんどんと青ざめていった。

「もう読まれましたか。でしたらはっきり言いますね。あなた、夫にノンアルコール飲料だと偽って、アルコールを飲ませていましたね」

最後のページに添付された写真には、酒瓶の中身をグラスに注ぐバーテンダーの姿が写されていた。俺が見た、アルコール度数一〇％と書かれていた酒瓶だ。

「夫は、ノンアルコールなんて邪道だと言って一度も飲んでこなかったんです。だから区別もつかず、騙《だま》されてしまったんでしょう。そのせいで体に明らかな悪影響が出ているというのに。これはもはや殺人ですよ。どうしてこんなことを」

バーテンダーは肩を震わせ、逃げようと走り出す。しかし、そこに俺が回り込み、足払いをした。細身の彼は、惨《みじ》めに床に転がって恨みがましそうに呻《うめ》いた。

「ちきしょう、あの時ぶつかったのは、アルコール入りカクテルをこぼすためか」

その通りだった。アルバイトの女性が運んでいたカクテルの正体を知った以上は、その一杯だけでもあの夫に飲ませるわけにはいかなかった。

「あいつが悪いんだ。俺をクビにして、ウケの良い若い女性バーテンダーを雇うなんて言い出して。この店は儲《もう》けのためだけにやっている、邪道な店なんだとさ。俺は努力を重ねてモクテルの魅力を広めようとしているのに。だから、色目を使われて嫌がっていたアルバイトのリサちゃんと協力して、ちょっと痛い目に遭わせようと思っただけなんだ。モクテル好きだと思われるのは恥ずかしいから、この店以外では飲まないと言っていて、味の違いに気付かれないと確信したから」

バーテンダーは身を起こしながら喚《わめ》く。人を殺そうとした言いわけがそれかと、呆《あき》れる思いだった。

「とにかく、あなたはクビです。警察にも連絡して、何らかの罪に問われるかどうか確認しておきます」

夫人が厳しい口調で言うと、バーテンダーは項垂《うなだ》れて言葉もなかった。

「探偵さん、ありがとうございました」

後日、改めて事務所を訪れた夫人は深々と頭を下げた。大したことはしていないと手で制したが、あの後、夫はバー通いをやめたそうだ。女性関係、経営する店舗への態度も含め、夫人に散々説教をされて随分と大人しくなったらしい。

「全て探偵さんのお陰です。お酒のラベルにまで目を配った注意力はさすがでした」

褒められるなんて滅多にないことだ。恥ずかしくなって、つい本音が漏れた。

「実は私、下戸でして。ノンアルコールと銘打ちながら、本当はお酒が入っていないかどうか、どうしても気になって細かく観察していたんです」

「まあ、そうだったんですか」

夫人は驚き、脇に抱えていた紙袋を申しわけなさそうに見つめた。先ほどから気になっていたそれはもしや、ご主人がもう飲めなくなった――。

「助けていただいたお礼にと思ったんですが、ご迷惑だったでしょうか」

開かれた紙袋の中には、立派な酒瓶が大量に収められていた。

義父の酒　鷹樹烏介

木枯らしに朽葉《くちば》が円舞していた。都内の広い公園墓地。私はそこを歩いている。肩から下げた愛用のトートバッグの中身が、カチャカチャとガラスが触れ合う音を立てていた。しばらく歩いて、義父が眠る墓の間に立つ。

「福島の田舎《いなか》から半ば口減らしで東京に出たんだ。当時は皆貧しかったからね……」

そんなことを語る義父の顔に浮かんだ寂しい微笑を今も思い出す。

都内の親戚の工務店を頼って大工さんになった義父は、小柄ながらもガッシリとした体格で渋皮のように日焼けしていた。

体調不良を訴えたのは、仕事を引退して数年の事だ。体が痩せて、人相まで変わってしまった。妻は介護のため実家に頻繁に行くことになり「不便をかけてごめんね」と、私に何度も謝る。

私は「こっちは気にせず実家に行ってお父さんの介護をしておいで」と答えた。

義父は中皮腫《ちゅうひしゅ》だったことがわかった。現場仕事でアスベストを吸ってしまったようだ。石綿が危険視されていなかった頃、彼は現役だった。健康診断はしていたが、気が付いた時は手遅れとなっていた。

私は実家との縁の薄い男だった。あれこれ理由をつけて、実家には足を向けないようにしていた。父も母も妹も大嫌いだった。なので、妻の里帰りに付き添って会いに行く際に私を歓迎してくれる義父は、実の父親よりも親しみを感じていた。

女系家族である妻の実家では、義父は唯一の男性だった。退職してから酒を酌み交わす相手がいなかったのが淋《さび》しかったらしく、それが歓迎の理由だったのだと思う。郷里である福島の地酒や、共通の好みである安ウイスキーで盃《さかずき》を重ね、飲酒の習慣がない女性陣の冷たい視線を無視して共謀者の目くばせをしながら酔うのは楽しい思い出だ。

義父との初対面も酒だった。

結婚の挨拶をしに、妻の実家に挨拶に伺ったときのことである。男性なら経験があるかもしれないが、妻の家族との面談など完全なるアウェー戦。家族の末妹である可愛《かわい》い娘を、見も知らぬチンピラに嫁がせる義父の無念たるや想像に難くない。

義母、義姉、妻の三人が台所で料理をしている間、ツマミの前菜を挟んで私は義父と対面していた。

への字に曲がった口。眉間の皺《しわ》。鋭い眼光。座布団は針の筵《むしろ》だった。義父は無口な性《たち》なので、気まずい沈黙が二人の間に流れた。

しばしの沈黙の後、義父が差し出したのは、コップだった。

私はそれを両手で受け取り、一升瓶から義父に酌をしてもらう。

「いただきます」

たしか、福島の地酒だったと思うが記憶がない。それほど緊張していたのだろう。コップ七分目まで注がれた日本酒を一気に呷《あお》る。このあたりは、大学の体育会系の習慣が出た。

「先輩から酌をしてもらったら一気飲み」

という悪習がわが母校にあり、それがつい出てしまった形だった。銘柄は覚えていないが、味は覚えている。常温でもキリっと辛い日本酒度の高い端麗な酒だった。

「旨《うま》い」

タンと舌が鳴り、思わずそう呟《つぶや》いていた。

私の様子を見て、無表情だった義父の片眉がぴくりと上がるのが見えた。

「ご返杯させていただきます」

ここまでが、わが母校の悪習だった。

頷《うなず》いて義父がコップを差し出してくる。私は一升瓶から彼のコップに中身を注いだ。義父もそれを一気に空けてしまった。

義父が軽々と一升瓶をつかんで差し出してくる。大工仕事で鍛えられた腕の筋肉が盛り上がっていた。

私は両手でコップを支えて酌をしてもらった。

「いただきます」

いつもの習慣で、これも一気に空けてしまった。

その時、微笑が義父の口元に走ったのが見えた。

「俺の郷里の酒だ。口に合ったかい？」

義父の表情が柔和になっていた。そして、空になった自分のコップを私に差し出してくる。

「辛口のいい酒ですね。おいしいです」

義父のコップに酒を満たす。交互に一気飲みするという奇妙な交流が続いた。

「足、くずして」

ずっと正座だったことに気付いて、義父がそう言ってくれた。

「では、遠慮なく」

胡坐《あぐら》をかく。封を切ったばかりの一升瓶は、もう三分の一ほど減っていた。

ポツポツと、郷里のこと、家族のこと、娘たちのことを話し始めてくれたのは、ふわっと酔いが回った頃だった。

酒は一気に呷ることはしなくなり、味わうように飲むペースになっていた。

義母と義姉と妻が湯気の立つ大皿料理をもって卓についたとき、だいぶ中身の減った一升瓶を見て彼女らが眉をしかめた。

義父と初めて共謀者の目くばせをしたのは、この時だったと思う。娘を奪う憎き敵から、同好の士となった瞬間だ。

「お父さん、ほどほどにしなさいよ」

という妻の苦言に、義母と義姉が頷く。

「今日くらい、いいじゃねぇか。な？　鷹樹《たかぎ》くん」

妻の里帰りに同行し、ご馳走《ちそう》になるたびに義父が言うセリフも、この日が初めてだったと思う。

なんとなく、もう家族の一員になっているような雰囲気だったが、一応ケジメとして、座布団から降り正座をして頭を下げる。

「娘さんとの結婚をお認めください」

慌てたような、嬉《うれ》しいような、泣いてしまいそうな義父の声は今も記憶にのこっている。

「いやいや、よしてくれ。こちらこそ、よろしくお願いします」

最寄《もよ》りの駅まで妻が見送りに来てくれて、そこで別れる。

「お父さん、嬉しそうだった」

「そうか？」

「普段は怒られるから、あんなに飲まないからね。今回は飲みすぎだよ」

全く酔っていないと思い込んでいた私は、この別れ際のセリフのあと、ふっつりと記憶が途切れている。緊張から解放されて一気に酔いが回ったらしい。ホームのベンチで目が覚めたのは、なんと二時間後だった。

義父も私が暇《いとま》を告げたあと、横になって高いびきだったそうな。彼も一気に酔いが回ったということらしい。

「ずっと息子が欲しかった。嬉しい」

そんなことを言っていたそうだ。酒が、義父と私の間の壁を溶かしてくれたのだ。あの日、短時間で一升瓶は空になっていた。

年に何度か妻の里帰りに付き合うと、義父は私を歓迎してくれた。女性陣は酒飲みに理解がないので、「仕方ない人たち」と、やや冷たい目をしていたが、それが義父と私の結束を高めていた。

普段は、二人の好みである安ウイスキーを酌み交わす。福島の地酒は、正月などの特別な日に取り寄せてくれていた。歳《とし》の離れた飲み友達。私たちはそんな間柄になっていた。

義父が体調を崩してからは、酒は舐《な》める程度で終わるようになってしまった。入退院を繰り返すようになり、病院が嫌いな義父は精神的にも参っているようだっ

た。私が訪問すると、

「もう、俺は飲めないが、鷹樹くんは飲んでくれ」

と、気をつかってくれる。

「肝臓の数値がアレでして、私も禁酒中なんですよ」

飲めなくなった飲兵衛《のんべえ》の前で酒を呷るのは残酷な所業だ。私は嘘《うそ》をついていた。

「お互い、しょっぺえことになったなぁ」

「まったくです」

逞《たくま》しかった義父の体は一回り小さくなってしまったようで、私はそれが悲しくて悲しくて仕方がなかった。

何年かの闘病後、義父と私は幽明の境を異《こと》にした。

そして今、その墓前に立っている。両手を合わせて冥福を祈った。

トートバッグから、三百ミリリットル入りの酒瓶と二つコップを出す。スクリューキャップを開けて、コップにトクトクと注いだ。

私は初めて義父と会った日に飲んだ酒の銘柄を覚えておらず、なんとなく聞きそびれたまま彼は他界してしまった。今日、持参した酒は義父が退院した日、

「あの日の酒はこれですよね」

と、乾杯するために調べていた酒だ。常温でも端麗で辛口。飽きが来ない後味。そんな脳内の記憶をたよりに福島の地酒をいくつも取り寄せて試飲した結果、これが一番近い味だと確信していた。銘柄は『あだたら吟醸 奥の松』。

墓前に供した酒と私のコップを軽く合わせた。チンというガラスの微《かす》かな音が、木枯らしの囁《ささや》きに紛れる。

「献杯《けんぱい》」

あの日の様に一気に呷る。酒が結んだ縁。それが義父と私だった。

旨い酒だ。あの日の様にすっと喉を通る。だが、何か違う気がする。

特別な時に特別な人と飲むと味は変わるのかもしれない。

義父はもういない。だから、二度と飲めない酒なのだ……と、思った。

鼻の奥がツンと痛んだ。じわっと涙がこぼれそうになり慌てて袖で目元を拭う。

「辛気くせぇことは、無しだよ」

そんな義父の笑いを含んだ声が聞こえたような気がした。

残りの酒を飲み干し、墓前に捧げた酒を撒《ま》く。

「お父さん。また来るよ」

ひゅるり、ひゅるりと木枯らしが鳴った。じわりと沁《し》み込んで来る冬の寒さ。

私は義父の墓に別れを告げ、コートの襟を立てながら公園墓地を後にした。

白い粉の秘密　喜多喜久

繁華街は喧騒《けんそう》に溢《あふ》れている。時刻はまだ、午後七時を過ぎたばかりだった。

私は彼を連れて、駅前のカラオケボックスにやってきた。

受付で諸々《もろもろ》の手続きを済ませ、階段で一つ上のフロアに向かう。

振り返ると、彼は数十キロのリュックサックを背負わされたかのような足取りで、よろよろと階段を上がっていた。視線は足元に向けられたままで、ひどく顔色が悪い。今にも倒れて転がり落ちていってしまいそうだ。

「大丈夫ですか？」と声を掛けると、「……はい」と、弱々しい返事があった。全然大丈夫ではなさそうだ。

すれ違うのが難しい細い廊下を進み、一番奥の部屋に入る。四角いテーブルを挟んで置かれた、二台の黒いソファー。ドアを閉めて彼と二人きりになると、ひどく狭く感じられた。

「どうぞ、そちらへ」と奥側のソファーを勧める。体を密着させれば並んで座れなくはないが、私は向かいのソファーに腰を下ろした。私たちは、三カ月前に婚活用のマッチングアプリで出会った。何度か二人で食事をしたものの、正式に交際しているわけではない。お互い三十歳を過ぎているとはいえ、適切な距離感というものがある。

やってきた店員に、飲み物を注文する。彼はウーロン茶で、私はいちごミルクを選んだ。

やがてドリンクが運ばれてくる。「ごゆっくりどうぞ～」の一言と共にドアが閉められると、室内は気詰まりな沈黙に満たされた。

隣の部屋から、流行《はや》りの歌が微《かす》かに響いてくる。男性歌手が歌うラブソングだ。私はそのゆったりしたメロディに導かれるように、「さっきのことなんですけど」と切り出した。

「は……はい」と彼が覚悟を決めたかのように目を閉じる。

「私の見間違いではありませんよね？」

念のために確認すると、彼は唇を嚙《か》んで頷《うなず》いた。

私はいちごミルクを一気に半分ほど飲んだ。空腹感は消えないが、少しは胃が落ち着いた気がする。

グラスをテーブルに戻し、自分の手を見る。さっきイタリアンレストランをあとにする際、つい彼の手首を摑《つか》んでしまったのだが、まだその感触が残っていた。

私たちはコース料理の前菜が運ばれてくる前に店を出ることになった。お互い声を荒らげるような場面はなかったが、周りのテーブルの客は違和感を抱いていただろう。私は不快な視線から逃れるために、急いでその場で会計を済ませ、放心状態の彼を強引に店から連れ出したのだった。

二人きりで会話をするためにカラオケボックスにやってきたわけだが、なかなか言葉が出てこない。

——果たしてどっちだったのだろう、と私は自問した。

彼の行為に気づいたことは幸運だったのか、それとも不運だったのか。

あれは完全に偶然だった。私はイタリアンレストランでの光景を思い出す。


今夜の待ち合わせは店の入口前で、約束の時間に彼は現れた。笑みがいつもよりぎこちなく、緊張している様子が感じられたのを覚えている。

二人で入店し、窓際の席に着く。ひと呼吸置いて、ウェイターがメニューを持ってくる。私たちはさほど迷うことなく、お互いにグラスの赤ワインを頼んだ。いつも、食事の席のお酒は最初の一杯だけにしていた。お酒に弱くてすぐに酔ってしまうんです、と彼には伝えてある。

思いがけないことが起きたのは、ワインで乾杯しようとした時だった。私のブラウスの、上から二番目のボタンが突然プチンと弾《はじ》けたのだ。

「あっ、ごめんなさい」

何が起きたか、彼も気づいたはずだ。私はテーブルに飛んだボタンを拾い上げると、「ちょっと、お手洗いに」と席を立った。

私は恥ずかしさで全身が熱くなるのを感じながら、トイレに駆け込んだ。

鏡の前に立ったところで、バッグを席に置いてきたことに気づく。実は以前、婚活パーティーに参加した際に、同じように胸のボタンが外れたことがあった。それ以来、私はいざという時のために、簡単な裁縫セットを持ち歩くことにしていた。

恥の上塗りになるが仕方ない。私は胸元を隠しつつトイレを出た。

そこで私は見てしまったのだ。彼が、私のグラスに白い粉を入れるところを。


こうして振り返っても、どこか現実感に乏しい。真面目《まじめ》で優しい彼が、あんなことをするなんて、と思う。しかし、彼は自分の行為を認めている。どれだけ嘘《うそ》みたいでも、実際に起きたことなのだ。

彼は目を閉じたままうつむいている。祈るように両手を膝の上で組み合わせていた。

私は残りのいちごミルクを飲み干し、「はっきり言います」と声に力を込めた。

「私は別に、怒っているわけではありません。もちろん、あなたを警察に突き出すつもりもなければ、口止め料を要求するつもりもありません」

「……はい」とかすれた声を彼が出す。私の言葉に安堵《あんど》した様子はない。

私はさらに続ける。

「ただ、私はあなたの真意が知りたいだけなんです。どうしてあんなことをしたのか……それを話してもらえませんか」

本心を伝えきり、私は大きく息を吐き出した。いちごミルクのグラスに挿さっているストローが、私のため息でくるくると回った。

じっと彼の言葉を待つが、口をきつく結んだまま何も話そうとしない。

じれったくて仕方がなかった。もう、我慢の限界だ。

拳をぎゅっと握り、「私の体が目当てだったんですか」と、私は核心に踏み込んだ。

「ワインに睡眠薬を入れるなんて……」

その瞬間、彼がいきなり立ち上がった。

「違うんですっ！」

「違うって、何がですか」と私は彼を見上げた。

「あの粉末は……睡眠薬なんかじゃありません」と彼は首を振った。「あれは、酵素を配合したサプリメントです」

「こうそ……？」

首を傾《かし》げる私に、「アルコール脱水素酵素と、アルデヒド脱水素酵素の二つを配合したものです。ネット通販で買いました」と彼は言った。「あのサプリには、アルコールの分解を手助けする効果があります。お酒を飲む前に服用すると、悪酔いを防げるという触れ込みの商品です」

意外な説明だったが、彼は嘘を言うような人ではない。

私はぺろりと唇を舐《な》めて、脳をフル回転させた。

「もしかして、私の健康を気遣って……？」

私がたどり着いた答えを、彼は「……違います」と悲しそうに否定した。

「僕は、あなたと親密になりたかった。だけど、自分からアプローチする勇気がなかった。だから、あなたの理性を弱らせることを考えたんです。……お酒に弱い、とおっしゃっていましたよね。すぐに酔ってしまうと」

「え、ええ……」

「そこをなんとかしたかった。……もっと酔わせたかった。サプリの力でアルコールを分解させ、不快感を軽減できれば、二杯、三杯とお酒が進むかもしれないと思ったんです」

「そうだったんですか……。それなら、事前に説明してくれたらよかったのに。たぶん、素直に飲んでいたと思います」

「下心が透けて見えるのが恥ずかしかったんです。だから何も言わずに勝手なことをしてしまった……。僕は自分勝手で最低な人間です。やろうとしたことは、睡眠薬を飲ませるのと何も変わらないですよ」

苦しそうにそう言って、彼はソファーに再び座った。

そして、また静寂が訪れる。

いつの間にか、周囲の部屋の歌声がやんでいた。

ドクドクと自分の胸が高鳴っているのが分かる。

落ち着け、と私は自分に言い聞かせる。

彼の気持ちは分かった。そして、私の気持ちは最初から何も変わっていない。もう、嫌われる心配をする必要はない。自分に素直に——大胆になればいいのだ。

「……あなたは、私と、その、『イイ感じ』になりたかった？」

私は意識的に甘えた声を出す。

彼は、ゆっくり顔を上げた。目と目が合う。女神のように見えたらいいな、と期待しつつ、私はそっと微笑《ほほえ》んだ。

「……あわよくば、を期待した？」

ボタンが外れたブラウスの隙間を強調しつつ、今度はいたずらっぽく尋ねる。彼はごくりと唾を飲み込み、恥ずかしそうに頷いた。

よし、あとは最後の一押しだ。私は彼をまっすぐに、熱情を込めて見つめた。

「じゃあ、はっきり言ってください」

「……あなたのことが……大好きです」

はにかみながら、彼が私の望む言葉を口にしてくれた。

ああ、なんて可愛《かわい》いんだろう！

私は勢いよく立ち上がると、目の前のテーブルをぐいっと入口の方に押しのけ、彼の腕を引っ張って立たせた。

「ちょ、ちょっと……」

戸惑う表情がまた愛くるしい。私は彼を抱き寄せた。自然と胸で顔を受け止める格好になる。赤ちゃんを抱くとこんな感じだろうか。母性本能が爆発しそうだった。

「……ごめんなさい。私、あなたに嘘をついてました」そのぬくもりにうっとりしながら、私は告白した。「私、本当は酔ったことがないんです。限界がどこにあるかさえ分からないですけど、一晩でビールを一〇リットル飲んだことがあります」

「むぐぐ……」

彼が私の胸の中で、言葉にならないうめき声を上げる。

おっといけない。私は慌てて体を離した。

私たちは、たぶん三倍くらい体重が違う。華奢《きゃしゃ》な彼を抱き締める時は、力加減に気を付けなければ。

父と息子のグレンアリー

高野結史

「だから、今は親父の件で忙しいんだ！　続きは帰ってからすると言ってるだろ！」

反論する妻を無視して通話を切ってやった。スマホをポケットに戻し、溜息《ためいき》をつく。

午後の陽光が降り注ぐ秋のキャンプ場。周囲では人々が憩いの一時を楽しんでいる。

こんなところで私は何をしているんだ――。

辟易《へきえき》しながら、離席していたサイトに戻る。静かに爆《は》ぜる焚火《たきび》の前で、キャンプガイドが牡蠣《かき》の殻を剝《む》いていた。キャンプ場で牡蠣というのも妙な光景だ。

「食べるかい」

私の表情が強張《こわば》っていたのか、キャンプガイドは気を遣うように生牡蠣を差し出した。鼻が大きく、面長の顔。お人好しそうな微笑《ほほえ》み。百九十センチ近い長身を折り畳むようにしてチェアに腰かけている姿は愚鈍な印象を与える。

私は用意されていたハイクラスチェアに座り、殻付きの生牡蠣を受け取った。

ガイドの名は天幕包助《てんまくほうすけ》。高校の同級生だ。アウトドア専門のガイドをしている。

「何かかける？　ポン酢もあるけど、おすすめは――」と、天幕はスキットルを取り出した。「相馬《そうま》は酒飲めるよな？　ボウモアもあるよ」

「……スコッチ・ウイスキーか？　どちらかというとワイン派なんだが」

「ボウモアはゲール語で『大きな岩礁』って意味。つまり、海のウイスキーだね」

「ウイスキーに海も山もないだろ」

軽口を叩《たた》きつつも私は牡蠣を持ち上げ、ガイドの提案に乗った。

天幕がスキットルに入ったボウモアを注ぐと、殻の中で牡蠣の身が琥珀《こはく》色の酒に浸った。私は酒と共に牡蠣を口に流し込んだ。

溢《あふ》れ出す牡蠣の旨味《うまみ》。遅れて少し癖の強い香りが口内に広がる……潮風の香りだ。これがボウモアか。こんなに互いを引き立て合う風味の組み合わせがあるだろうか。

しかし、なぜ、蒸留酒に潮の香りが――。

「ボウモアが蒸留されているのはスコットランドのアイラ島。その貯蔵庫は削った岩礁の上に立っている。海に直接面しているから波や潮風の影響を受けるんだよ」

天幕はクーラーボックスから新たな牡蠣を取り出し、「じゃあ、いただきます」と乾杯するかのように見せてから一気に飲み込んだ。

「酒をかけないのか」と尋ねると、天幕は咀嚼《そしゃく》しながら「車だからね」と笑う。

「遠いところ悪かったな。やっぱりガイド料払うよ」

「今日はプライベートだっての。それに牡蠣ももらったし、充分」

高校時代、天幕と特別親しかったわけではない。卒業から十五年以上。最近までその存在すら忘れていた。しかし、先日、天幕が札幌《さっぽろ》でキャンプガイドをしていると聞き、興味を引かれた。たしか東京でITベンチャーを起《た》ち上げ、成功していたはずだ。が、その会社を追い出されたらしい。詳しい経緯や今の生活が気になり、天幕が所属する『満天キャンプ』にガイドを申し込むと、本人から仕事抜きで会おうと連絡が来た。牡蠣を差し入れたのは、さすがに何も出さないのは気が引けたからだ。

「親父さんの方、一通り済んだのかい」

焚火を見つめていた天幕がぽつりと言った。

「ああ。俺の出番は葬儀だけさ。急逝だったから入院中の面倒を見たわけでもない。墓だ、寺だ、は親戚に任せた。遺産もほぼゼロ。親父の家と山は処分するつもりだ」

私が大学進学で小樽《おたる》の実家を出てから数年後、母が亡くなった。一人になった父は仕事を辞め、故郷の厚岸《あっけし》に戻り、終《つい》の棲家《すみか》とした。同じ北海道でも小樽と厚岸では文化も風土も異なる。私は幼少期に訪れたことがあるらしいが、記憶にない。父方の親族とも馴染《なじ》みが薄く、ここ数日のよそよそしい空気は私と父の関係を象徴していた。

「気遣いは無用だぞ。心筋梗塞だが、あまり苦しまなかったようだ」

「そっか」私と父の距離感を察したのか、天幕は苦笑した。

「……それに普通、親は息子の成功を喜ぶもんだろ？　でも、親父は逆。俺がいくら出世してもガキ扱いをやめなかった。だから、連絡も取ってなかったんだよ」

「相馬、仕事は外資の金融だったたっけ？」

「あ、ああ……」

言い淀《よど》んだ私は違う話題を探した。

「そういえば、天幕はウイスキーに詳しいよな。グレンアリーって知ってるか」

「さあ……初耳だな。頭に『グレン』とつく名のウイスキーは多いけど……」

「前に一度、親父が言ったんだ。『お前なんかに俺のグレンアリーはもったいねえ』って。でも、親父の家には高級酒なんて無かった。親族も聞いたことないって」

「グレンアリーねえ。聞き間違いじゃないのかい。酒以外のものとか？」

「どっちみち何も残してないよ。親族が倉庫も調べたが、日曜大工の道具や古い車の部品ぐらいしか見つからなかった。俺を見下していたくせに、自分は親戚の仕事を手伝う程度で財産らしい財産一つ持ってなかったんだ。おおかた息子が自分より遥《はる》かに稼ぐようになって悔しかったんだろう。まあ、もう全部終わった話さ。俺は親父より良い人生を送るだけ――」

止まらなくなった私の愚痴に待ったをかけるようにスマホが鳴った。また妻からだ。舌打ちが出る。数瞬迷って、スマホをオフにした。

ばつが悪くなり、言葉を選んでいるうちに気まずい沈黙が流れた。

「こっちに戻って来るの？」

唐突な天幕の問いかけに絶句する。

「……どうして？」

「いや……その……仕事、辞めたのかと思って……外資の金融なんて忙しいだろうに、のんびりしているからさ。それに……」

天幕は私のポケットを見た。中のスマホを気にしているようだ。こいつは昔から勘が良いというか洞察が鋭い。私と妻のやりとりに気づいていないはずはなかった。

「……ああ。一斉解雇の波にのまれちまったよ。あっけないもんさ」

観念する。取り繕うより誰かに聞いてほしい想いが強くなったのかもしれない。

「まあ……こっちに戻るのも良いかもしれないな。妻とも離婚が決まってるし……聞いていただろ。ここ数日、財産分与を早くしろと急《せ》かしてきやがる」

しかし、告白したところで惨めな状況は変わらない。大学受験、就職、成果、出世。ここまで懸命に這《は》い上がって来た。もう一度同じことはできないだろう。そもそもこれまでが幸運だっただけだ。能力が足りていない世界でジタバタしていたに過ぎない。結果、解雇に離婚。立て続けに人生を否定され、緊張の糸も野心も途切れてしまった。

「……なあ、天幕はしんどくないのか。お前だって会社を失ったんだろ……」

天幕は柔和な微笑みを崩さず、黙って焚火を見ている。

「……悪い。小耳に挟んでさ。実は今日、天幕に会ったのは、自分だけがどん底じゃないと安心したかったからなんだ……」

「どん底……」天幕の顔が硬直した。

「ほんと悪かったよ。卑屈だよな……腹立っただろ。きちんとガイド料は払うからさ」

「……相馬、親父さんは山を持ってるんだったな」

「は？」

ぽかんとする私をよそに天幕は鼻の頭を掻《か》きながら考え込んでいる。

「……ああ。持ってるよ。家の周囲の山は、親父の土地。曾祖父《そうそふ》あたりから継いできたみたいだが、使い道のない二束三文の山だ」

「谷はあるか？ 川でもいい」

「家の真裏を小川が流れている……」

「それかもしれない！ 行こう。近いんだろ」

「……行くって、うちの山に？ 今から？」

天幕はもう一度「行こう」と言い、音を立ててチェアから立ち上がった。

それからは早かった。あっと言う間に道具を片付け、私をワゴンに乗せた。

「グレンフィディック、グレンリベット、グレンファークラス——スコットランドのスペイサイド地域には名前に『グレン』を冠したウイスキーが多い。これは蒸留所の名前でもあるけど、『グレン』はゲール語で『谷』や『峡谷』を意味する」

天幕は運転しながら助手席の私に夢中で説明した。どこか楽しげだ。

「十八世紀、スコットランドの酒税は高額だった。だからスペイサイドの人達は役人の目が届かない峡谷で酒を密造したんだ。それがモルトウイスキーの発祥だよ」

「……それで？　親父も谷に何か隠したってのか」

「ゲール語は詳しくないけど、店名がゲール語のバーをいくつか知ってる。それで思い出したんだ。以前、店名に『アリー』と入ったバーに行ったことがある」

「『アリー』の意味は？」

「小屋」

「……グレンアリー……峡谷の小屋……」

半信半疑のまま親父の家に到着した。ワゴンを停《と》め、二人で裏の小川に回る。上流に向かって歩くと、徐々に左右の土地が盛り上がり、峡谷の様相を呈《てい》してきた。

そして――あった。小川のほとりに小さなログハウスが。

「これが親父のグレンアリー……」

知らなかった。親父がこんなものを建てていたなんて。

厚い木製のドアは鍵がついていない。私は天幕とログハウスの中に入った。

広さは六畳ほど。小川を見渡せるよう大きな窓が取り付けられ、その下にカウンターテーブルが設置されている。対面にはこじんまりした棚が置かれていた。あとは椅子が二脚。それだけのシンプルな小屋。殺風景だが、傷んではいない。

「親父さん、日曜大工なんてレベルじゃないな」

「親父は死ぬ前日まで元気だったらしいから。ここにも最近まで来ていたんだろう」

天幕が置かれていたマッチでランプを点《つ》けると、壁や床が暖色に変わった。

棚の中にウイスキーのボトル一本と、グラスが一脚入っている。

「おおっ、グレングラントのカスクか。親父さん、いい酒飲んでるじゃないか」

天幕はグラスを拭き、カウンターに置いた。

「飲むだろ」

天幕が注いだグレングラントを私は無言で一口舐《な》めた。果実のような甘さに続き、強いアルコールが鼻から抜ける。窓の外は小川と紅葉。まるで油絵のようだ。

「贅沢《ぜいたく》だな……そりゃ、金を稼ぐだけで精一杯の俺を鼻で笑うわけだ」

「親父さん、本当に相馬を認めてなかったのかな」ぼそっと言いながら天幕が小ぶりの箱を持ってきた。「棚に入ってたよ」

天幕から渡された箱を開けると、真新しいグラスが入っていた。

「親父さんは、この場所を誰にも教えていなかったんだろ。グレンアリーの存在は相馬にしか明かしていない。じゃ、これは誰と飲むために用意したのかな」

アルコールの刺激は消えているはずなのに、鼻の奥がつんとした。

「……天幕、一杯つきあってくれ」

「今日は車中泊か」

天幕はいつもの苦笑を浮かべ、ウイスキーを注いだ。

献杯記念日　喜多南

私は洗練された女である。

日中はホワイトカラーの綺麗《きれい》なオフィスで働き、スタイル維持・美容へのこだわり、健康への意識は常に高く保ち、自己ブランディングに余念がない。

『憧れるよね』

オフィスでは後輩同士の会話で、私を指したそんな話題が聞こえることもあった。

それが、たゆまぬ努力の末に手に入れた『私』だった。


「……はぁ」

今日も終電間際でぎりぎり間に合って、ため息をつきながら玄関のドアを開けた。

帰宅してひとりになると、私はいつも疲弊しきっている。

リビングに入ると、ダークウッドの床にミニマルな家具が整然と配置されている。

誰もいない、余分なものを一切置かない無機質な空間は、とてもがらんとしていた。

洗練された自分を目指すうちに、いつしか不要なものは全て捨て去っていた。

週末で、気持ちにほんの少し隙間みたいなものができたのかもしれない。ふと『いつまでも捨てられていないもの』に思い当たる。

スーツのジャケットをソファに投げ捨て、リビングのキャビネットに向かう。そこには、手付かずの『秘蔵のスコッチウイスキー』が眠っていた。十八年間熟成した高級シングルモルトだ。

高校時代から長年の片想いの末に落とした雨森《あまもり》先輩と、付き合うことになって一周年記念日に、少し背伸びして買ったものだった。練習を重ねたこじゃれた手料理と一緒に出して、彼を驚かせ、喜ばせる予定だったもの。

私はボトルを手に取りながら、心が揺れ動くのを感じた。琥珀《こはく》色の液体が、照明の淡い光に照らされてきらきらと輝いている。

あの頃、先輩の好きなウイスキーの銘柄を調査し、彼にふさわしいものを用意した。

それなのに、一周年記念の日を寸前にして、彼は事故で突然この世を去ってしまったのだ。

コルク栓をそっと引き抜き、ボトルから漂う香りを嗅いだ。くらりとするほど濃厚で、熟成された香りが鼻腔《びこう》を満たす。

香りと共に記憶が蘇《よみがえ》る。

高校時代から雨森先輩は周囲を引っ張れる人で、人当たりも良かった。当時の地味で冴《さ》えない私には、声をかけることすら躊躇《ためら》うほどに輝かしい青春時代を送っていた。

社会人になってから、彼は外資のメーカーに入社し、世間的にはいわゆるエリートの道を歩んでいた。仕事終わりに下町のバーに通っている彼を、偶然見かけた。

それから何度か同じ店で一緒になったが、彼は酒や嗜好品《しこう》にも精通しており、色々なお酒を私に教えてくれた。付き合うことになった時は、本当に奇跡みたいで幸せだった。

このウイスキーだけは、ずっと捨てることができず、座敷童《わらし》のように部屋の一部を占領し続けていた。

未練がましい私をまざまざと見せつけてくる、忌々しい不幸の象徴のような酒。

どうしたらこの気持ちをすっきりと捨て去ることができるだろうかと少し考えて、予定していた記念日の時のように、食事を用意し、彼に献杯しようと決めた。

冷蔵庫を開けると、思いのほか食材が揃《そろ》っていた。

まずは残り物のスモークサーモンでサラダを作ることにした。アボカドをスライスし、ベビーリーフをトッピングし、レモンを搾る。残り物とはいえ、新鮮な風味が食欲をそそる。

次に、切ったミニトマトとモッツァレラチーズを重ね、即席カプレーゼを用意する。バジルは切らしていたので、オリーブオイルをたっぷりかけて代用した。

最後に残り物のパンをトーストしてガーリックバターを塗り、おつまみが完成。

出来上がった料理をテーブルに並べ、キャビネットから改めて重厚なウイスキーボトルを取り出した。

再度コルクを抜くと、バーを思い出すスモーキーで甘い香りが漂ってきて、彼の横顔がチラついた。

グラスにウイスキーを注ぎ、二つ並べた。片方は彼の分だ。

グラスを手に取り、香りを愉《たの》しんでから一口含むと、くっと喉を焼くような強さが広がった。

実をいうと、ウイスキーを呑《の》んだのはこれが初めての経験だった。

そのあまりのアルコール度数の強さに視界が眩《くら》んで――瞼《まぶた》をこすった次の瞬間には、私の前に雨森先輩が登場していた。

「あれ……」

私、もう酔っぱらってしまったのだろうか。たった一口で？

「どうせなら、一緒に飲みたいかなと思って」

雨森先輩は少し困ったような笑みを浮かべて、悪戯《いたずら》っぽくグラスを掲げる。

一周年記念を再現したから、ほんの一時の奇跡で彼が現れてくれたのかもしれない。

それとも私、強いアルコールで幽霊が視《み》える体質だったのだろうか？

私は混乱しながらも、喉がからからに乾いて、ウイスキーを呷《あお》る。

「そんなに一気にガバガバ飲んだら倒れるよ。ゆっくり愉しもうよ」

唐突に現れた雨森先輩に動揺しきっていたものの、私は彼の言葉に恨みがましい眼を向けずにはいられなかった。

「……先輩に、ずっと嘘《うそ》ついてたよ。お酒なんて、本当は人嫌いだった」

彼を悼《いた》む予定だったお酒で、私は何故《なぜ》か心の奥底に閉じ込めた本音を吐露している。

これもお酒のなせるわざなのかもしれない。それから自身の部屋の様子を振り返った。

「見てよこれ、洗練された女性って感じでしょ？　これだって全部嘘っぱち」

今でこそ意識の高い雰囲気だけれど、元々は漫画の本棚や、雑然とした統一感のない家具に満ちていた。


思えばあの日以来、全てが変わったのだ。


『先輩、隣いいですか？　ここ、よく来るんです』

当時の私は、雨森先輩が座っていた席の隣に、常連のふりをして座り込んだ。

本当はお酒が苦手だった。彼とお近づきになれたことで、一層はりきってしまった私は、彼に見合う人物になるため、その生活を一変させていった。

ほどほどにこなしていた仕事も、いつの間にかオフィスで一番遅くまで熱心にとりくむようになったし、部屋にあふれていた雑然としたインテリアも、彼が家に来るようになったので、急いで片付けた。

「先輩の好きな人間になろうと努力したのに……何でいなくなっちゃうかなあ」

彼への恨めしさや呪いを呟《つぶや》く言葉は、どこまでも弱弱しい。

彼は少し意外そうな顔で、首を傾《かし》げていた。

「好きな人間になろうとした……？　僕は元々、君のことが好きだったけど」

「だからそれは、見合うように努力したからで……」

「実はさ、高校生の頃から、ずっと君のこと見てたんだ」

――息が止まりそうになった。

「大人になってからもなかなか忘れられなくて、それで、バーで再会した時は嬉《うれ》しかったな。君がお酒を呑めないことはなんとなく気づいてたけど……僕の出せる話題は酒くらいしかなかった。引き出しがまったくないヤツだったんだ」

「それって……私たち、ずっと両想いだったってこと？」

「そうなの？　僕は君に嫌われないように格好よくあろうと日々努力はしていたけど……」

どうやら私たちは似たもの同士だったらしい。

私は勝手に彼に見合うための努力をし、彼は勝手に私に見合う努力をして、お互いほんの少し無理をしながら一緒にいて。

そして、すれ違ったまま、彼はいなくなってしまった。

「そんなの……今さら知っても嬉しくないよ」

口の中に残っていたお酒が、苦さと辛さを増していく。

「やっぱりお酒なんて大嫌い」

「ウイスキーの飲み方には色んなスタイルがあってね。ハイボール、ストレート、トワイスアップ……飲み方によって、その人の個性が出るんだ」

「嫌いだって言ってんのに、あくまで勧めるんですね」

「いやあ、話題が思いつかなくて……」

照れくさそうにしている先輩は、やっぱり少しズレている。

「そうだ、ちょっと一口飲んでみてよ。食事もあるんだから、もったいないし」

グラスの氷が溶け始めて、涼しげな音をたてる。

私は、彼に従って、やけくそにもう一口ウィスキーを口に含んだ。

「……あれ、飲める」

水で薄まったことで、少しだけ口当たりと香りが柔らかくなっている。幾分か飲みやすくなっていた。

ウイスキーのグラスを持ちながら、私はまずサーモンサラダに手を伸ばす。アボカドとスモークサーモンの一切れをフォークに刺し、ベビーリーフと一緒に口に運ぶと、クリーミーな食感と塩気が絶妙に絡み合う。それから即席カプレーゼ。トマトの甘みとチーズのまろやかさが互いを引き立て合い、素材のシンプルな美味《おい》しさが際立つ。最後にガーリックバターを塗ったトーストに手を伸ばし、軽くカリッとした歯ごたえを愉しみながら一口かじる。バターの濃厚な風味とガーリックの香りが、香ばしさとともに広がり、口の中に残る少しの塩味がウイスキーのアルコール感と相まって、思わずもう一口と手が伸びた。

私はウイスキーを一口含み、パンの余韻と共にゆっくりと飲み下した。琥珀色の液体が喉を通り過ぎるとき、胃の中がじんわりと温まり、全身に心地よいぬくもりが広がった。

こんな体験は初めてで、夢中になって堪能するうち、そういえば彼の幽霊だか幻が消えている。

時計の秒針が時間を叩《たた》く。氷を鳴らしながら、もう一口を口に含んだ。

ほっと胸が熱くなっていた。

かたく強張《こわば》った心が解されて、自分らしさを少しずつ、取り戻せる気がした。

彼が新しい世界を教えてくれたことで、酔っぱらうのも悪くないと思った。

久々に漫画でも買ってみようかな。
そう決めて、私は彼に、ようやく献杯できた。

したがり屋さん

久真瀬敏也

「『酒《さけ》』はとても危険なんだよ。……と言っても、別に『酒は飲んでも飲まれるな』なんて言いたいわけじゃない。僕が話すのは、他の人とは一味違う話なんだ――」

小坂《こさか》の口は、いつになく滑らかだった。少し酔ってしまっているのかもしれない。

世界一の古本街とも称される神田神保町《かんだじんぼうちょう》。その一角にある古書店『鵺書房《ぬえ》』の地下にあるこの『居酒屋ぬえ』は、小坂の行きつけの店だ。

妖怪や民俗学、日本史関連の古書を蒐集《しゅうしゅう》している鵺書房。そこの息子が始めた居酒屋には、妖怪や民俗学に詳しい人たちが集まって、毎夜のように談義を交わしている。といっても、いつもは男ばかりが集まっていて、その上、肝心の談義も面白くなくなっていた。特に最近は、自説の中身を議論するのではなく、「そんな説を信じるお前はバカだ」などと、発言内容でなく発言者を批判するような言葉も増えていた。

小坂も言われたことがある。もう二度と来るもんかと思ったことも数知れず。だが、もし来なくなったら「逃げた」とか「間違いを認めた」とか言われるに決まっている。だから、苦しくてもここに通い続けていたのだ。負けたくはないから。

ただ、今日は様子が違った。

男ばかりではなかったし、何より、話をするのが面白くて仕方ない。

小坂は改めて、カウンター席で隣に座る女性に向けて話を続ける。夢実《ゆみ》と名乗った二十歳《はたち》の女性が、興味深そうに小坂のことをまっすぐ見つめていた。

「『危険地名』っていう言葉を、聞いたことがあるかな？」

「いいえ。なんか怖そうですけど、どういう意味なんですか？」

「実は、『酒』が付く地名は、地面が川の流れで『裂けた』とか、地盤が崩れて『坂になった』っていう由来があるんだ。つまり、大雨が降ると洪水や土砂崩れに襲われてしまう。そういう災害の歴史を伝えるため、『さけ』や『さか』という言葉を使っている。こういった災害リスクを教えてくれる地名を『危険地名』っていうんだ」

「なるほど。小坂さんって物知りなんですね。すごいです」

夢実が目を輝かせるように言った。

「まぁこれくらい、ちょっと本を読めば書いてあることだけどね」

夢実の視線に、思わず小坂の方が気恥ずかしくなって視線を逸《そ》らす。

ふと、その視線の先に店主の源太《げんた》がいたので、咄嗟《とっさ》に「鮭《さけ》のルイベを」と注文した。

半凍結状態の刺身が、火照《ほて》った小坂の頭を少しは冷やしてくれるだろう。

「あっ。もしかして――」夢実が楽しそうに声を上げた。「魚の『鮭』が付く地名も危険地名なんですか？　そこに話を繋《つな》げるために、鮭のルイベを注文したんですね」

「ん……」そこまで考えてはいなかった……なんて正直には言えなかった。「まぁ、危険地名っていうのは、漢字よりも読み方に意味があることが多いから、魚の『鮭』が付く地名も、『酒』と同じくそういう意味が込められている所もあるだろうね」

「なるほどー。そういうことにも気付けるなんて、センスがすごいんですね」

夢実が褒めてくれるものだから、小坂は再び火照ったように顔が熱くなってきた。

「せっかくだから、夢実ちゃんもルイベを食べるかい？　ここは僕が奢《おご》ってあげるよ」

「ええ？　そんな、いいんですか？」

「もちろんだよ」小坂は頷《うなず》いて、周りに聞こえないように声を絞ると、「正直、ここでこんなに楽しく話せたのは久しぶりだからね。ここだけの話、店主も他の客も、僕ほど勉強しているわけじゃないから、どうしても話が合わないんだよ」

「なるほど」夢実はイタズラっぽくニヤリと微笑《ほほえ》むと、「大人になっても勉強家だなんて、さすがです」と声を弾ませるように返した。

小坂の顔が、一段と熱くなる。

……これは、ルイベくらいじゃ冷めそうにないぞ。

小坂は追加で、刺身の盛り合わせと、いつもは飲まない地酒まで注文した。

結局、小坂は閉店時間まで終始上機嫌なまま、夢実の分まで払って帰っていった。

まるで憑《つ》き物が落ちたかのように、スッキリした顔で。

店長の源太は、最後の客となった彼の背中を、困惑半分、喜び半分の目で見送った。

……あの小坂さんが、誰とも揉《も》めずに帰っていくなんて。

しかも、いつもの何倍も注文してくれるなんて！

それもこれも、夢実のお陰だ。ぜひとも直接お礼を言って、金一封を渡したい。

そんなことを思いながら、数万単位で増えた売上を確認していると、店の入口が静かに開けられた。噂《うわさ》をすれば影。夢実が顔を覗《のぞ》かせていた。

「夢実さん、お疲れ様です。もうお客さんは全員帰ったので、大丈夫ですよ――」

源太は社交辞令的に労《ねぎら》いながら、

「改めて、今回は、本当にありがとうございました――」

さっそく直接お礼を言って、

「そしてこれが、今回分の料金です」

と金一封を渡した。

夢実は、慣れた手つきで金額を確認すると、律儀に領収書を渡してきた。

『ラレタガリヤ・エージェント』と印刷された領収書に、今回の金額である『金九〇〇〇円』が書き込まれている。そして但書《ただしがき》には、『接客講習料』と書かれていた。

接客講習……。確かに間違ってはいない。税務署に通じるかは判《わか》らないけれど。

人の『られたがり』をサービスとして提供し、『したがり』の人を満足させるという『られたがり屋』――もとい『ラレタガリヤ・エージェト』。

そんなサービスを提供する会社があるなんて想像もしなかったし、初めて聞いたときは源太も困惑した。

ほんの数日前、営業準備をしていた源太の所に、スーツ姿の夢実が訪ねてきたのだ。

「あなたのお店に、『教えたがり』屋さんの迷惑な人はいらっしゃいませんか？」

その一言を聞いた瞬間、源太の脳裏に小坂が浮かんだことは、言うまでもない。

彼は、とにかく教えたがるのだ。しかも、単に教えたがるだけならまだしも、彼はまともに調べ物をしないまま、ほんの数個の事実だけを拾って「すべての事実が繋がった」などと言って、さも真実であるかのように語る癖があるのだ。

ときには、そんな彼の性格自体が批判されたこともあったが、彼は何を勘違いしたのか、「俺の意見が正しいからって、人格攻撃するのは最低だ」などと言い出す始末。

相手が客である以上、源太は強い非難もできず、あくまで討論をしようとしたのだけど、次第に店の空気が悪くなり、客足が遠のいていくのを痛感する。

いっそ、もう閉めた方が良いかもしれない。そんな話は、父親からも言われた。

そんなとき営業で訪ねてきたのが、夢実――ラレタガリヤ・エージェントだった。

「貴店のようなコンセプト系の飲食店では、客側から『自分の方が詳しい』というマウントを取られることが多々あるのです。これに対して、店側が逐一反論をすることも考えられますが、それでは対立が生じてしまいますし、今の時代、ネットで何を書かれるかも判りません。そこで我々は、あくまで客として店に入り、彼らの『教えたがり』の矛先を自分に向ける――つまり『教えられたがり』の人材を派遣することで、『教えたがり』屋さんたちに満足してもらう、というサービスを提供しているのです」

その話を聞いて、源太は胸が痛んだ。逐一反論をしたせいで、店の空気は悪くなっていってしまったのだから。それと同時に、そんなに上手《うま》くいくものなのか、という疑問も湧いた。夢実は、さもありなんと言いたげに頷きながら、説明をする。

「『教えたがり』というのは、『自分の方が頭が良い』ということを誇示する行為に他なりません。頭が良いということを示すのは、いわばクジャクが羽の鮮やかさを競うのと同じように、カバが口の大きさを競うのと同じように、知能が発達したヒトにとって本能的な欲求なのではないでしょうか――」

全ては、異性の興味をひくため。だからこそ、同性同士では争いが生じてしまう。

「そこで当方では、もっと単純に、目の前の異性が褒めてくれるという構図を作り出すのです。こうすると、同性同士で争う必要が無くなるので、『教えたがり』屋さんたちも気軽に本能的な喜びを感じることができるようになるわけです」

その説明は、少し納得できそうで、少しはぐらかされているようにも思えた。少なくとも、信頼まではできない。とはいえ何もしないでいれば、店の雰囲気は最悪のまま……。それこそ閉店も時間の問題だろう。

そこで源太は、一番安い単発プランを試してみることにしたのだ。

その結果は、想像以上だった。

夢実は、上から目線の説明をされても嫌な顔一つせず、にこやかな顔で、「さすが」「しらなかった」「すごい」「センスある」「そうなんだ」などと、相槌《あいづち》の「さしすせそ」を返していた。それだけで、小坂はとても楽しそうだった。

この結果を受けて、源太は年間プランを契約することに決めた。ビジネスコースで四八万円は安くはないが、この店の雰囲気が明るくなれば十分に巻き返せるはずだ。

アンケートの残りも記入しつつ、源太はふと、気になっていたことを話す。

「ところで、さっき小坂さんと、アルコールの『酒』が付く地名は危険地名だっていう話をしてましたけど、あの話には例外があるので、気を付けないとダメですよ」

「え？　そうなんですか？」

「ええ。小坂さんはどうにも勉強不足なのか、調べ物に漏れが多くて、例外に気付かないまま間違いを話してしまうんですよ……」

源太は溜息《ためいき》交じりに、

「例えば『酒の井戸』と書いて『酒井《さかい》』という地名は、『境』――つまり『境界線』を意味していることがあります。山や川が境界線になっていることは多いですが、全てが危険な地形ではないんです。……そこを誤解してしまうと、そういう地名の場所に暮らす人たちに対する侮辱や差別感情にもつながりかねませんから」

「なるほど……。さすが店長さんですね。知識量もすごいです」

夢実の大きな瞳が、興味深げに輝いているように見えた。

源太は口が滑らかになって、弾むような声で話を続けていく。

そんな二人の様子を、物陰から源太の父・源治《げんじ》が見守っていた。
本当に、ラレタガリヤに依頼して良かった。思わず安堵《あんど》の溜息が漏れる。
なにせ、源太の『教えたがり』は筋金入りなのだ。そのくせ自覚も無いという。
この店には、『教えたがり』屋がいる。それは客側だけではなく、店側にも。
源太と小坂との会話は、教えたがり同士、マウントの取り合いになってしまってい
た。これでは建設的な討論などできるわけもない。そんな雰囲気を解消するべく、源
治は秘密裏に、源太を対象とした年間プランを契約していたのだ。
そんな源治の考えは、やはり正しかったようだ。
夢実は、源太の話に対して、ただひたすらに「さすが」「しらなかった」「すごい」
「センスありますね」「そうなんですね」と相槌を打ち続けている。
それだけで、源太はとても楽しそうだった。
まるで憑き物が落ちたかのように、スッキリした顔で。

婚約酒飲み合戦

新藤元気

とある王城のダイニングルームで、王と姫が長いテーブルに向かい合うように座っている。彼らは親子二人でディナーを楽しんでいた。

唐突に姫がこう言った。

「婚前コロシアムってあるじゃない？　私、あれ、嫌なんだけど」

これはまずい気がする。食事の給仕をしていた執事はそう思った。彼は生涯にわたって王族に仕えているベテラン執事で、王城の執事長を任されていた。姫とは長い付き合いだ。姫が「あれが嫌」と言い出すときは大抵ろくなことにはならないということを、彼は経験上知り尽くしていた。

「しかし、伝統ですので」

「伝統って、なんか古くて嫌い。変えたい」

この王国では、姫が十六歳を迎えるとコロシアムが開かれ、優勝者を姫の婚約者として王城に迎えるというのが伝統になっていた。姫は三か月後に十六歳になる。

肩まで伸びる、透き通るようなブロンド。はっきりとした目鼻立ちとシルクのように滑らかな白い肌。厳しいメイド長に仕込まれたおかげでその所作まで美しく磨かれつつあり、まさに姫と呼ぶにふさわしいオーラを放っているが、破天荒を身にまとっているかのような危なっかしい性格は健在どころか勢いを増す一方で、日常的に彼女がもたらす災いに王や執事はいつも頭を悩ませていた。

「いいこと思いついた。武力じゃなくて、お酒の強さで勝敗を決めるの。みんなでお酒を飲んで、最後まで潰れずに生き残っていた人が勝ち。名付けて婚約酒飲み合戦。いい案でしょう？」

執事は王に視線を送った。しかし王はきょろきょろと目を泳がせるだけで何も言わない。天性のリーダーシップで幾度と国を救ってきた偉大な王も、娘の前ではすっかり威厳を失ってしまう。執事はため息をついた。

婚前コロシアムは、表向きでは身分に関係なく誰でもエントリーが可能である。しかし万が一にも平民は貴族に勝つことはできない。貴族の大半は幼いころから厳しいトレーニングをさせられているし、装備品にも雲泥の差があるからだ。

「そもそもコロシアムって貴族が勝つようにできているじゃない。八百長《やおちょう》よ、そんなの。ね、変えましょう。私の言う通りにしないんだったら、二度と口を利いてあげないんだから」

執事は渋面を作った。こうなったら姫は誰の言うことも聞かない。

後日、執事は王の執務室に呼ばれた。

彫りが深く、まるで一つの芸術作品のように整った顔立ち。口ひげと透き通るようなブルーの瞳がトレードマークで、猛々《たけだけ》しさの裏に包み込むような愛情も潜んでいるような、一国を治める王としてふさわしい不思議な雰囲気をまとっている……が、「どうすれば娘に嫌われないまま意見を変えさせることができるか」と執事に持ち掛けられた相談内容はなんとも情けないものだった。

「無理です。姫様の強情っぷりは既に王もご存じでしょう」

執事はきっぱりと王に言った。口で説明して行動を変えるような人でないことは、この十数年で既に証明されている。

「強引にコロシアムを開催してしまいましょう。姫もいずれ分かってくれます」

「でも二度と口利いてくれないって言うし……」

「王がそうやって甘やかすから、こんなことになるんじゃないですか。このまま姫の妙案が採用され、貴族ではなく育ちの悪いぼんくらが婿《むこ》になってもよいのですか？」

「それは困る。そんなやつが来たら即刻処刑だ」

執事は呆《あき》れた。その気になれば全国民を動かすことができる権力者も、娘のこととなると腑《ふ》抜けになってしまう。

「大変です」

その折に、執務室に一人の若い兵士が慌てた様子で入ってきた。

彼の手にはニュース・パンフレットが握られている。その表紙には『急報！　婚前コロシアム廃止！』の文字が躍っていた。執事は青ざめた。

「姫が布告の担当室に直接出向き、記事にするように命じたようです。既に国内にばらまかれているようで、街中が大騒ぎですよ」

兵士の手からパンフレットを奪い、記事に目を通す。「婚前コロシアムを廃止し、酒飲み合戦に変更する」という、先日姫が言っていた内容がそのまま書かれていた。ニュース・パンフレットは、主に政治活動を国民に広めるために王室が発行している情報誌である。本来であれば発行する前に王の許可が必要だが、姫が王の名を盾に無理を押し通したに違いない。

執事は執務室を出て、そのまま城外へ出た。早足で裏庭に回りこむ。

「やってくれましたな、姫」

「なんのことかしら」

裏庭に植えられた、オリーブの木のそばに姫が座っていた。日課になっている勉強が嫌になったとき、姫はだいたいここにいる。

眼前にそびえる城壁の一部に、塗料の跡があった。長年の風化により薄れているが、よく見ると「もぎもぎ団参上！」と書かれていた。これは姫が幼少期のころ、城壁の抜け穴から農家の悪ガキたちを王城に招き入れて書いたものだ。

姫は昔からやりたい放題だった。度々城を抜け出しては悪さをした。特にお気に入りだったのはぶどう畑の農家で、農家の子どもたちと「もぎもぎ団」なるものを結成し、数々の悪戯《いたずら》をして遊んでいた。姫様の口から、撤回すると――」

「国の将来に関わることです。姫様の口から、撤回すると――」

「絶対に嫌」

「いけません。もしこのまま強硬手段に出るのなら……じいは執事を辞めます」

「それも嫌。婚前コロシアムは廃止するし、じいも辞めない」

どこまでも我儘《わがまま》な姫を見て、執事は説得を諦めた。


かくして、姫の意向通りに酒飲み合戦の準備は進められることになった。

応募資格を満たし、かつ参加の意思表明をした国民には順に番号が与えられた。当日は最初に一人十本の酒瓶が配布され、それを飲んで生き残った参加者にさらなる酒瓶が追加される。それを延々と続け、最後まで残っていた者が勝者だ。戦いが長引かないように通常よりもうんと強い酒にするように手配が進められた。酒は王国名産のワインである。

執事は悩みに悩んだ末、細工を施すことにした。早く潰れるように平民にはさらに強い酒を配布する、という作戦である。

酒飲み合戦前夜、執事は事前に準備しておいた「より強いワイン」を荷台に積み、それを引いて会場となっている城の大広間に忍び込んだ。既に会場は整備済みで、テーブルの各席には酒瓶が十本ずつ配布されている。それぞれの席に着座する参加者の身分は事前に確認済みだ。

ふと、会場の端の方で不審な動きをしている人影に気づき、執事は足を止めた。

「お前、何をしている」

その人影は王城に仕えるコックだった。彼は酒瓶を抱えており、どうやら既に配置が終わった酒瓶とそれらをすり替えようとしていたらしい。

「その……姫様の命令で細工をしておりました。早く潰れるように平民の酒瓶にはより強めの酒を入れろと」

席の番号は82番。執事は、手元の一覧表を見て該当する参加者の身分を確認した。確かに平民の席のようだ。

「姫様がそう言ったのか？」

「じいがうるさいから、平民にはそうしろと」

それを聞いた執事は心の底から安堵《あんど》した。悪霊のように両肩に棲《す》み着いていた不安が全て取り払われたような気分だった。そして、きっと国の未来のために自分を抑えたに違いない姫の行動に感動すらした。

「いや、そのままでいい。私も手伝おう」

ご立派になられた。執事はこみあげてくる涙を抑えつつ、コックと協力して残りの平民の酒のすり替えを行った。

婚約酒飲み合戦当日、会場は百人を超える参加者でひしめき合っており、祭りのように賑《にぎ》わっていた。

王の乾杯の掛け声とともに戦いの火ぶたは切られた。執事から事前に姫の細工の件を聞いていた王の機嫌はよく、その表情は非常に明るいものだった。

大半の者は十本のうち五本の酒瓶を飲み干す前にばたばたと倒れ、あっという間に生存者は半数以下になった。そして十本の酒瓶すべて飲み干せたのは、さらにその中の数人だけだった。

その数人が大広間の中央に集められ、決勝戦が行われることになった。コックがそれぞれの参加者に追加で三本の酒瓶を配布し、彼らはそれを次々に飲み干していった。

勝負はすぐについた。決勝戦に残ったのはほとんどが貴族だったが、その決勝を勝ち抜いたのは何と平民、しかも例の細工により強い酒を飲まされているはずの「82番」の平民だった。

彼以外の参加者は泥酔し、中には病院に運ばれる者もいたが、優勝した彼の顔色はほとんど素面《しらふ》のそれだ。何ならテラス席で様子を見守《たた》っていた王の顔の方がよっぽど青ざめている。相当な酒豪だと周囲は称え、会場は驚嘆と祝福の拍手で包まれた。

「お久しぶりでございます。執事長」

何が起きたのかわからず、これからどうなるだろうと不安を抱えながら撤収の指揮を執る執事のもとに、優勝者の男が近づいてきてそんなことを言った。背が高い、短い銀髪とグレーの瞳が特徴的なハンサムな若者である。

「あの落書き、まだ残っていたのですね。会場を訪れる前に見ました。消されてしまっていたと思ったのに」

「お前、まさか」

「もぎもぎ団の元団長です」

謀《はか》られた。そう思ったのは彼の口からワインの臭いがしなかったからだ。

姫の顔を盗み見る。にんまりと笑みを浮かべる彼女の顔を見て執事は腑《ふ》に落ちた。

コックに命じて強い酒にすり替えたのではなく、酒ではない別の液体が入った酒瓶にすり替えたのだ。もし見つかったら嘘《うそ》をついてごまかせとでも言っておいたのだろう。

しかし気づいたところでもう遅い。予選時の酒瓶は片付けられていたし、仮に探し出せたとしても彼がそれを飲んでいたと証明するのはもはや不可能だ。

茫然《ぼうぜん》としている執事のもとに姫がやってきて、彼にこう耳打ちした。

「彼、初恋相手なの。みんなには黙っていてくれるよね？　じい」

姫は悪戯っぽくウインクし、ぺろりと桃色の舌を出してみせた。

ある男の死に関する考察　塔山郁

「すごくショックです。林《はやし》さんが死んだなんて。

……はい。あの夜は食事に招待されて、一緒にお酒を飲みました。

私、先週二十歳《はたち》になったんです。お酒を飲んだことがないって言ったら、じゃあ、お祝いついでにお酒の飲み方を教えてあげようと自宅に招待してくれたんです。

とても大きな家だったので驚きました。林さんって精神科のお医者さんだったらしいです。昔は家族で住んでいたけれど、離婚したので今は気楽な一人暮らしだと笑っていました。

お酒がとても好きとかで、最初に何万円もするシャンパンをあけてくれました。それもシャンパンサーベルっていう大きなナイフを使って、ポンってコルクを飛ばしてくれたんです。それで私、感激してしまって。

乾杯をして、食事をしながら色々なカクテルをご馳走《ちそう》になりました。

でも途中から記憶がはっきりしないんです。ブルーハワイっていう青いカクテルを飲んだところまでは覚えているんですが……。

気がついたら朝でした。それも夕食時のテーブルに突っ伏して、そのまま寝ていたようなんです。頭が痛くて、お水をもらおうと立ち上がったら、床に林さんが倒れているのに気がつきました。吐いたようで顔と床が汚れていました、それで急いで救急車を呼びました。

……あの、林さんはどうして亡くなったんですか？　窒息死？　急性アルコール中毒になって、吐いた物が気管につまったということですか？　じゃあ、私が眠ったりしなければ、気づいてすぐに救急車を呼べたかもしれないわけですね。

ああ、なんてこと！　それなら林さんが死んだのは私のせいじゃないですか。

林さんはとても親切な方でした。先月東京に出てきたばかりの私にとても優しくしてくれたんです。知り合ったのは私がアルバイトをしていたパン屋です。林さんは常連さんで、お店に来るたび私に声をかけてくれました。

えっ？　警戒なんてしませんよ。独《ひと》り身の男性と言っても、七十歳を過ぎたお爺《じい》ちゃんじゃないですか。昔はお医者さんをしていたし、女性を家に招いていやらしいことをするような下賤《げせん》な人じゃないですよ。だからこそ亡くなったのはショックです。今同じ部屋にいながら、苦しむ林さんに何をすることもなく眠りこけていたなんて、今はただ申し訳ない気持ちで胸がいっぱいです」

「……事件性はなさそうだな。爺さんが若い女性を前にして、舞い上がって年甲斐《としがい》もなく飲みすぎたってことだろう。まあ、気になることもあるけどな。遺体の血中から検出されたアルコールの濃度がそこまで高くなかったんだよ。

飲んだのはシャンパンとカクテルくらいのものだろう。高齢とはいえ急性アルコール中毒になるほどの量じゃない。

いや、第三者の介入はないんだよ。

自宅の玄関や勝手口には防犯カメラが取りつけられていた。午後六時にあの娘《こ》が家に入ってから、翌朝救急隊員が到着するまでに人の出入りは記録されていないんだ。その時間、あの家には林とあの娘しかいなかったことに間違いはないんだよ。

と言ってもあの娘を疑っているわけじゃない。問題なのは死んだ林の前歴だ。若い女性に睡眠薬《フルニトラゼパム》の入った飲み物を飲ませて、わいせつ行為を行って逮捕されたことが複数回あるんだよ。

フルニトラゼパムは飲食物に混入されることを防ぐために、液体に溶かすと青く染まるように加工されている睡眠薬だ。ブルーハワイを飲んだ後に記憶がなくなり、気がついたら朝になっていたとあの娘は言っていた。それでもしやと思って、グラスに残っていたブルーハワイの成分を調べてみたんだよ。

……ああ。思った通りフルニトラゼパムが検出された。林は精神科の医者だった。薬をこっそり溜《た》め込むことも可能だろう。林があの娘を自宅に呼んだのは誕生祝いなんかじゃなかったのさ。寝室からはビデオカメラや革製の拘束具も発見されている。あの娘を薬で眠らせてわいせつな行為をするつもりでいたんだよ。

まったく骨の髄から腐った野郎だよ。しかし今回ばかりは自らの性癖が自分の首を絞めたと思われる節がある。というのも、林が急性アルコール中毒になったのは偶然じゃないからだ。血中からアルコールの他にシルデナフィルという薬品の成分が検出されているんだよ。

ははは。シルデナフィルはドラッグじゃない。ＥＤ薬のバイアグラの成分さ。ヤツも高齢になって、あっちの自由が利かなくなってきたんだろう。それでＥＤ薬を使ったんだ。検出されたのは通常使うよりもかなり多い量だった。普通は25から50㎎摂取するものを、林はおよそ３００㎎ほど摂取したようだ。バイアグラは血管を拡張させることで効果を発揮する。高用量を服用すればそれだけ血管が拡張して、摂取したアルコールが一気に体内に吸収されることになる。

これは過去に実例がある。あるお笑い芸人が多量のバイアグラを服用した後に飲酒して、意識を失い救急搬送された記録が動画配信サイトにあるんだよ。

あの娘はなかなかの美人だっただろう？　だからヤツも入れ込んで、普段よりも多めに薬を飲んだんじゃないのかな。その結果がこのざまだ。つまりは自業自得、自分で自分の首を絞めたというわけさ。

刑事がこんなことを言ったらいけないんだろうが、下劣な性犯罪者にふさわしい最期だよ。ともかく純真そうなあの娘に危害が及ばなくてよかったよ。

林の別れた妻と子供も遺体の引き取りを拒否しているそうだから、ヤツはこのまま茶毘《だび》にふされて、無縁仏に葬られることになるんだろうな」

「すまん。お前にこんな話をして。刑事として知り得た情報を妻にしたくはないんだが、今回はどうしても気持ちが収まらなくて、誰かに話さないではいられないんだ。気になったのは林が摂取したバイアグラの量だ。いくらなんでも多すぎる。薬を使ったことがある知り合いに確認したんだが、体調によっては効き目が出ないこともあるので、多めに飲むこともあるだろうとは言っていた。しかしいくらなんでも300㎎は多すぎる。林が所持していた薬は50㎎の錠剤だった。300㎎といえば六錠分だ。林は曲がりなりにも医師なんだ。若い娘を自由にできると思って頭に血が上ったとはいえ、酒と一緒にそこまでの量を口にするとは思えない。

だけど所轄では誰も俺の意見を聞いてくれない。老いぼれ性犯罪者の哀《あわ》れな末路ということで笑い話にもなっている。でも俺は釈然としなかった。それでもう一度あの娘の携帯に電話をしてみたんだよ。もう一度話を聞きたいと思ってね。しかし電源が切られた状態で繋《つな》がらない。それでアルバイト先のパン屋を訪ねてみた。しかし彼女はすでにアルバイトを辞めたとのことだった。東京は恐《こわ》い、実家に帰る、と店長に言い残したそうだった。それで実家の住所と電話番号を教えてもらった。

ところが連絡は取れなかった。その両方ともが実在しないものだったんだ。それで俺はつい考え込んだ。林の死は本当に事故なのだろうかってね。防犯カメラの映像で第三者の介入がないことはわかっている。玄関や勝手口以外の窓は施錠されて、こじ開けたような痕跡もない。事件だとすれば加害者の可能性があるのはあの娘だけだ。

さっきも言ったが、林には強制わいせつで逮捕された過去が複数回あって、最近でも色々と問題を起こしていた。若作りをして繁華街のクラブに通っては、医者だと言って若い女性をホテルに誘うようなことをしていたようだ。変な薬を飲まされそうになったと警察に訴えた女性もいたし、実際に被害にあって泣き寝入りした女性がいるという噂《うわさ》もある。そんな女性の身内や知り合いが義憤にかられて仕返しを企んだとしたらどうだろう。

まずは林の行動を調べて、行きつけのパン屋でアルバイトをはじめる。人懐こくて、警戒心が薄い、地方出身の若い娘を演じていれば、林が誘いをかけてくる可能性は高いだろう。誕生祝いを名目に自宅に招待されたらその後は簡単だ。林の手口は常に同じで、飲み物に睡眠薬を混入させて、飲んで意識を失った女性を弄ぶんだ。逆に考えれば、色のついた飲み物に口をつけなければ危機に陥ることはない。

食事の途中で油断している林を脅し、自由を奪うことも難しいことではないだろう。

相手は七十歳を過ぎた老人だし、革の拘束具やシャンパンサーベルという自由を奪って脅すための道具だってそこにある。獲物だと思っていた相手にいきなり襲われたら林は言うことを聞くしかなかっただろう。

あの娘の話ではシャンパンは乾杯した時に飲んだということだった。しかし現場にあったボトルには三分の一ほどしか中身は残っていなかった。林がバイアグラと一緒にシャンパンを飲むことを強要されたとすれば、急性アルコール中毒になったことも頷《うなず》ける。

それともうひとつ不思議なことがある。寝室には複数のビデオカメラがあったけれど撮影した動画は何も残っていなかった。ビデオカメラの内部記録はもちろんＶＨＳやＤＶＤのような媒体もね。林のようなタイプの性犯罪者は自分の犯罪記録を残して、手元に置いておくのが常なんだ。それが何もないというのはどうにも妙だ。

林が死亡したのは午後七時から九時の間。救急に通報があったのは翌朝の午前七時過ぎ。彼女が睡眠薬入りのブルーハワイを飲んでいなければ、その間に家捜《やさが》しをして、被害者の女性が映った画像をすべて回収することもできたはずだ。

だけどこの話をしても、所轄の連中は誰も取り合ってくれないんだよ。いくら家族や知り合いが被害にあったとはいえ、そこまでする女性はいないだろうと笑うんだ。

それで同じ女性としてどう思うか、きみの意見を聞きたいんだよ。

どうだろう？　そんなことはあり得ないかな。

えっ？　殺し屋？

被害者の誰かが金を払って、あの娘を雇ったっていうのかよ。まさか、そんな漫画やテレビドラマのようなこと――。

……うーん。でもあり得ないとも言えないか。林の遺体には外傷や圧迫された痕跡はなかったんだ。体に痕を残さないように拘束して脅したとしたら、それなりに手慣れた者の犯行と言えるんだろうな。だけどやっぱりこじつけかな。ＥＤ薬と酒なんて、そんな方法で林を確実に殺せるとは思えないし。

いや……それは違うか。

そんな惨めで滑稽な死にざまこそが、林のような男には相応《ふさわ》しいと言えるのかもしれない。あの娘がその様子を撮影して依頼者に見せた可能性だってあるわけだし。

……わかった。ありがとう。もうやめよう。今になって何を考えても結局はただの考察だ。あの娘が林を殺害したと証明することは不可能だ。すでに事故として処理されたし、もうどうすることもできない。

刑事は忙しいんだ。明日には別の事件《ヤマ》に駆り出されることだろう。いつまでも思い悩んではいられないし、この一杯を飲んでヤツのことは綺麗《きれい》さっぱり忘れるよ」

バッカスの器

蒼井碧

「さあ始まりました、今週の「The《ザ》 Battle《バトル》 Table《テーブル》」！　絶賛生放送でお届けしております！　動画サイトでも配信中ですので、番組をご覧の皆さん、どしどし拡散してください！　ハッシュタグは『#バトルル』ですのでお忘れなく」

司会を務めている若手ピン芸人が視聴者を煽《あお》るのを、ひな壇芸人たちが野次を飛ばして盛り上げている。

今郁隼太《いまむらはやた》が特別出演枠として招かれていたこのTV番組、通称バトルルは、深夜枠でありながら、若年層を中心にコアな人気を誇る料理バラエティである。

食をテーマとして、芸人や俳優による一対一の勝負が繰り広げられる番組なのだが、勝負の内容は、お題に合わせた即興料理の出来を競ったり、大食いであったりと多岐にわたる。地下アイドルが力士並みの食事を平らげることもあれば、妙齢の重鎮俳優がとんだゲテモノ飯をお披露目するなどの意外性も受け、放送初期から高視聴率を維持している。

隼太は芸能人ではないが、この日は特別企画が設けられており、彼はスタジオの端に用意されたゲスト席に座っていた。

「何でも今郁さんは異色の経歴をお持ちだとか」

「そうですね。我ながら珍しいタイプだと思います」

いきなり司会者がこちらに話を振ってきたが、戸惑うこともなく自然に返す。これも昔の職業柄というか、職業病というべきか。

隼太は三重県に拠を構える老舗《しにせ》の造り酒屋「虹扇酒造《にじおうぎしゅぞう》」にて、まだ二十代ながら蔵元を務めている経営者である。しかし、蔵元になる前までは、歌舞伎《かぶき》町のホストクラブでキャストとして働いていた。

虹扇酒造の一人息子として生まれた隼太には、後継ぎとしての期待がかけられていたが、昔ながらの味や製法にこだわる旧態依然とした在り方に嫌気がさし、高校卒業してすぐに上京。知り合いの伝手《つて》を頼りながら、夜の街で生きていくことになった。身一つで過酷な世界に飛び込む度胸と、社交的な性格が功を奏したのか、仕事は順調だった。酒屋の子として生まれ育ったせいか、酒に強かったことも幸いした。

そんなある日、虹扇酒造の当代蔵元であった実父の訃報が入る。事故による突然の死だった。職人の腕が求められる伝統事業は、常に深刻な後継者問題に悩まされている。当然隼太もそうした事情は知っていたが、実家に戻るつもりはまったくなかった。

だが、酒造りの現場監督役である杜氏《とうじ》の話を聞き、考えを改めることになる。

虹扇酒造のブランドである純米酒の虹扇子《にじせんす》は、地元の銘酒として根強い人気はあったが、杜氏にはもっと全国、ひいては世界進出も視野に入れて展開したいという狙いがあった。そのため、会社に新しい社風や考え方を取り入れてくれそうな経営者を望んでいたのだという。隼太は杜氏の言葉に可能性を感じ、蔵元となることを受諾した。

スタジオに掲げられたモニターで隼太の経歴が紹介されるのを、彼は感慨深い想いで眺めていた。ここに至るまでの道のりは決して楽なものではなかった。

酒に関わる業界に身を置いていたとはいえ、ホストクラブで開けられるのは専らビールやシャンパンで、日本酒を口にする機会などほとんどない。日本酒造りについては素人《しろうと》同然だった隼太は、かつて自分が見限ったしがらみに再び直面し、停滞する。

転機が訪れたのは、隼太が蔵元になってから二年目のことだった。秋田へ出張する機会があり、小さな居酒屋で夕食を済ませることにした彼は、お任せで提供された地酒を飲み、衝撃を受ける。ワインボトルのような黒い容器に、スタイリッシュな英字が躍るラベル。酒が注がれた細長いボウルのシャンパングラスを口に傾けると、芳醇《ほうじゅん》な旨味《うまみ》と爽やかな酸味が口の中にじわっと広がっていく。店主に間違ってワインを出したのかと聞くと、れっきとした日本酒ですよと笑って答えた。

酒の種類によって原料は異なる。ビールならば麦芽とホップと水、ワインはブドウのみだが酸化を防止するための添加物が含まれていることが多い。日本酒の原料は、米と米麹《こめこうじ》、そして水という極めてシンプルなものだ。

しかしながら、米を発酵させるための酵母の種類、米の削り具合、発酵の方法などを変えることで、その香りや味わいは大きく変わる。仕上がりの変化について、あくまで理論としては知っていたが、ここまで違いが出せるのかと痛感した。

それから隼太は虹扇酒造を全国区へと押し上げる新たなブランドの開発に着手した。試行錯誤の果てに完成したのが「Rainbow《レインボウ》」という純米大吟醸だ。命名は虹扇の虹から拝借している。白ワインを彷彿《ほうふつ》とさせる味わいが特徴で、「Rainbow 赤」から「紫」までの七つのシリーズがあり、それぞれの色のクリアボトルに梱包《こんぽう》されているという、見た目にも華やかな銘柄である。

隼太は販促や認知施策にも力を入れた。ガラス製のお猪口《ちょこ》を積み上げたシャンパンタワーを「ポンシュタワー」と名付けてSNSで公開したところ、真似《まね》をするホストクラブが続出し、ニュースでも取り上げられ大きな話題になった。ほかにも、女子高生たちが酒造りに挑戦するという内容のウェブコミックを掲載していたのが、とある出版社の目に留まり、瞬く間に商業出版、映像化された結果、ちょっとした日本酒ブームにまで発展したこともあった。

隼太は確かに日本酒造りについては素人だったが、経営者としての才覚は、並々ならぬものを持っていたのだった。

ただ、派手な宣伝活動や経営方針の急激な変化に付いていけなくなった者がいたのも事実だった。古くからの顔馴染《なじ》みだった蔵人が去っていく度に、自分のやり方は本当に正しかったのだろうかという不安が、隼太の心に重く圧《の》し掛かっていた。

テレビや雑誌のインタビューでも何度か複雑な胸の内を明かしていたが、隼太の心に響く言葉を掛けてくれた者はいなかった。

「さて、そんなカリスマ経営者の今郡さんに挑むのは、この方！　天才ワインソムリエの葉賀《はが》澄比人《すみひと》さんです！」

隼太は正面に置かれたもう一つのゲスト席に目を向けた。司会者が言った通り、この日の対戦相手がそこに座っている。

葉賀澄比人、隼太と同世代でありながらも、去年パリで開催された世界的コンクールで入賞を果たしたというワインソムリエ界の新星だ。少し日焼けした彫りの深い顔立ちにくすんだ色の銀髪、白いスーツが嫌味なく似合う美形で、隼太が働いていたホストクラブだったら簡単に太客が付くだろう。ただ、相当なあがり症の口下手《べた》のようで、司会者への受け答えはぎこちない。

こうして対面するのは初めてのはずだが、なぜか隼太は彼に既視感を覚えていた。どこかですれ違っていたりしただろうか。

今回の特別企画とは、隼太が用意した日本酒と、白ワインを葉賀が飲み比べて、葉賀が正解を当てられるか、という勝負を趣旨としていた。以前、隼太が招かれていたパーティで当番組のディレクターと話す機会があり、出演依頼に繋《つな》がったという経緯だった。相手役の葉賀は、隼太の出演をどこかで聞きつけたらしく、自ら立候補してこの企画への参加を表明したらしい。彼の真意は不明だったが、隼太にとってはどうでもよかった。虹扇酒造をさらに有名にするための、踏み台としか考えていなかった。

そしてお題として聞かされていたワインの銘柄の香りや風味を徹底的に分析し、渾《こん》身《しん》の純米酒を作り上げた。隼太には絶対に勝てるという自信があった。

「それでは今邨さん、控室へどうぞ」

司会者に促されて控室に入る。用意された机の上には日本酒の容器と、ワインボトルのほか、ワイングラスが二つ並んでいた。

部屋の中を確認したが、カメラや盗聴器のようなものは見当たらない。やらせなしの真剣勝負でというのは、隼太と葉賀、両名たっての希望だった。

隼太はグラスを手に取ってかざしてみる。こちらも仕掛けがあるようには見えない。

ワイングラスにはいくつかの種類がある。ワインの味や香りは品種や産地だけでなく、グラスの形によっても大きく変わることから、審査の公平性を保つため、公式のテイスティング選手権などでは国際規格サイズのグラスが用いられる。

しかし今回用意されたグラスは、モンラッシェ型という一般的なグラスよりもボウルの部分が大きく膨らんだ形状のものだった。使用する器については、なぜか葉賀が指定したのだという。確かに白ワインに適したグラスではあるが、何かが引っかかる。

釈然としなかったが、隼太はグラスに酒を注ぎ、配膳の準備をした。こうして見ると、日本酒とワインとではやはり色味において明らかな違いがある。文字通り一目瞭然なので、葉賀には目隠しがされることになっていた。

そして迎えた葉賀のテイスティング。目隠しをされた彼の前には二脚のワイングラスが置かれている。どちらが正解なのかは、隼太にしか分からない。

テイスティングの開始が宣告されてすぐ、葉賀は片方のグラスを手に取った。ゆっくりと回しながら香りを確認し、口に含ませる。もう片方のグラスについても同じ所作を繰り返しながら、何事か考え込んでいるようだった。

異変が起きたのはそこからだった。

グラスを置いた葉賀はテーブルに肘をつき、組み合わせた両手を額に押し付けて押し黙ってしまった。司会者が声をかけても返事がない。その状態のまま、一分、五分と経過していく。現場は困惑の様相を呈《てい》し始め、スタジオの裏もいったんCMを挟むかどうかで慌ただしくなってきた。隼太も落ち着かない気分で様子を見守っていた。

あわや放送事故かというところで、ようやく葉賀が顔を起こした。その表情に焦りや緊張はない。再び二脚のグラスを手に取ると、続けざまに口へと流し込む。そして、

「こちらがワインです」

そう言って片方のグラスを差し出した。隼太の背中にぞくりとした感触が走る。

「い、今邨さん、正解は？」司会者の問いに、隼太は力なく答えた。

「……お見事。正解です」

わあっ、とスタジオが色めき立つ中、葉賀は目隠しを外した。透き通るような瞳が隼太をまっすぐ捉えている。

「テイスティング対決は天才ソムリエに軍配が上がりました！　しかし葉賀さん、どうして分かったんですか？　かなり悩まれていたようにも見えましたが」

司会者が全員の疑問を代弁すると、葉賀は先ほどまでとは別人のように流暢《りゅうちょう》に喋《しゃべ》り出した。

「日本酒と違ってワインには酸化防止剤が含まれています。ですので、一口目と二口目の間隔をできるだけ引き延ばしました。酸化による味の変化を確かめたんです」

そんなまさかと隼太は耳を疑った。司会者も、

「い、いやいや。酸化による味変なんて、数日か数週間経《た》ってようやく出てくるものでしょう。それをこんな短時間で」

「ですので器を指定させていただきました」葉賀はグラスを掲げる。

「通常のテイスティンググラスではなく、ボウルの太い、つまり空気に触れる面積が多いグラスに変えてもらったんです」

「な、なるほど」

それでも人間離れした技能に違いはない。唖然《あぜん》としている司会者には目もくれず、葉賀は隼太を見ていた。

「純粋なテイスティングだけでなく場外戦まで弄したのは、それだけ今邨さんを、虹扇酒造の皆さんを評価しているからです」

そして葉賀は自分が駆け出しの頃、隼太の父である先代蔵元に世話になっていたことを明かした。

恩義を返せないまま彼に先立たれてしまい、後悔していた過去を明かした。

それを聞いた隼太は葉賀の顔に見覚えがあった訳を理解した。かつて父の元へ通っていた彼の姿を目にしていたのだ。

「先代もきっと、あなたを誇りに思っていると思います」

隼太の目頭が熱くなる。恐らく葉賀はテイスティングだけで正解を見破っていたのだろう。酸化や容器の話は、敗者を貶《おとし》めることなく、もっともらしい理屈で視聴者を納得させるための方便でしかない。

完敗だな、と隼太は天を仰いだ。

自分のことしか考えていなかった隼太に対して葉賀は、今は亡き先代蔵元への報いとして、隼太を励ます一言を告げるためだけにこの企画に参加したのだ。隼太の苦悩についてはインタビューで見聞きしていたのだろう。

悩んでいたふりも、酸化のための時間稼ぎではなく、酔いが回るのを待っていたのではないか。口下手な葉賀は素面《しらふ》では想いを伝えられなかった。酒の力を借りたのだ。

まったく、器が小さいのか大きいのか分からないなと隼太は苦笑する。

それでも不器用な男の精いっぱいの言葉は、隼太の心に確かに届いていた。

いつかのマグカップ　深沢仁

新婚旅行は冬のドイツにした。國光《くにみつ》はサッカー観戦、私はクリスマスマーケットが目的だった。結婚式翌日に飛行機に乗り、到着したのは夕方で、ホテルに荷物を置いた私たちは、さっそく近所のクリスマスマーケットへと足を運んだ。美しい街並み、きらきらのツリーとイルミネーション、回転木馬に子どもたちのはしゃぐ声。それは昔読んだ絵本の世界そのものだった。雰囲気に呑まれていつもより大胆になった私たちは、寒さにぎゅっと身を寄せ合い、人目を憚《はばか》らずにキスまでした。日本にいるときには考えられない行為だった。屋台でソーセージや焼き栗《ぐり》を買い、スパイスの香る甘いグリューワインを何杯も飲み、夢見心地でホテルに戻った。ハネムーンというのは本当にこんなに幸福なんだと、異国の星空を見上げて私は思ったものだった。

来月まで離婚を待てば、結婚生活はきっかり四年間ということで、キリがよかったんだけど。

しかし物事にはタイミングがあるものだ。

私はベッドの端に膝を抱えて座り、國光が真剣な顔で、ダイニングテーブルを組み立てる様子を眺めた。引っ越し手伝うよ、と心配する友人たちに、いや國光がやってくれるから、と答えたら正気を疑われた。離婚に伴う引っ越し作業を元夫にさせる？　せっかく新居での生活が始まるのに、最初に家に入るのが捨てたばかりの浮気男なんて私だったら絶対に嫌だ、と。私はむしろ、國光こそがふさわしいと思う。彼のせいで家を失うハメになったのだから、彼が責任を持って私に快適な住まいを用意すべきだ。國光自身もこれに同意し、私が慰謝料として引っ越し関連のすべての経費と半年分の家賃を要求したら了承した。でも物件探しは急がなくてもいい、っていうか出ていかなくても、俺はやり直したいんだから——、とかなんとか続けた國光に、ううんもう契約は済んでるの、と返したら、彼は衝撃を受けた。私がどれだけ本気かを悟った後は健気《けなげ》なものだった。私の引っ越し作業の八割ちかくは國光がしてくれたと言っても過言ではない。

「……できた」國光が完成したテーブルを窓際に設置する。「立地いいよな、ここ」

「そうでしょ。明日の朝はサンドウィッチ買ってきて、外を見ながら食べるんだ」

駅からこのマンションまでの徒歩十分ほどの間にはだいぶ寂れた商店街があり、そこで客を集めているのはパン屋さんだけらしいということはリサーチ済みだった。ベランダのすぐ下には、遊具はたいしてないものの、広々とした公園がある。のんびりしていて私は気に入っていた。

明日の朝の私の予定に、もはや自分が組み込まれていないことにダメージを受けた國光が悲しげな表情になる。私は気づいていないふりをして立ち上がった。昼前に始まった引っ越しだけど、時刻はもう六時を過ぎており、外は真っ暗だ。

「ごはん食べにいこう、引っ越し完了のお礼にご馳走《ちそう》する」

「お礼なんていらない。俺のせいで綾子《あやこ》は……」

「いいから。駅前にイタリアン・レストラン、見つけてあるんだ」


実は三日前に一人で来て、予約というか、ちょっとした手回しは済ませていた。店に入った私は、内心でどきどきしつつ、いらっしゃいませ、と出迎えてくれた女性と目を合わせた。ご夫婦で経営されているお店で、この人はシェフの奥さんだ。彼女は國光にバレないよう、ごく控えめに頷《うなず》いて、私の要望を承知していることを示してくれた。私たちは店の一番奥、半個室のようになっている席に通され、向かい合って座る。お酒飲んでもいいよと私が告げると、國光は案の定首を横に振った。先月、泥酔した状態で浮気して以来、彼は断酒している。

「私は飲むよ」私はメニューを開きながら言う。「付き合ってくれないの。二人で飲むのは最後になるかもしれないのに」

「最後になんか」

ならないだろう、と言いかけて、彼は自分にその資格がないことに気づいた。「赤ワインのグラスと、シーザーサラダ、本日のスープ、ラザニア」私はさっさと注文する。國光はしばらく迷った。

「綾子、サングリアじゃなくていいの。ほら、ホットワインもあるよ」

たしかにいつもの私なら、特にこんな寒い日には、ホットワインを選ぶだろう。私は瞬《まばた》きの間に、新婚旅行で、二人白い息を吐きながら乾杯した瞬間を思い出す。

「――ううん、今日はいい」

「じゃあ、俺がホットワインにする」國光はメニューを閉じた。「あとボンゴレ・ビアンコ」

さすが元夫、と思った。どちらも私の好物だった。私が望めば味見できるようにしたんだろう。サラダとスープはシェアするつもりだということも、ちゃんと伝わっている。

私がオーダーをすると奥さんは、かしこまりました、と言って立ち去った。

ドリンクが運ばれてきて、私たちはグラスを持ち上げるだけの乾杯をした。私はその美しいルビー色の液体に慎重に口をつけ、自分の注文がきちんと通っていたことに安堵《あんど》する。國光はホットワインを飲み、美味《うま》いよ、と言って私の顔を確かめ、よかったね、というこちらの台詞《せりふ》に落胆した。ただ、ラザニアとボンゴレは半分こにしようかと提案すると救われたようだった。私は、本当は少し警戒していたのだけど、特に体調を崩すこともなく完食できた。とても美味《おい》しいお店だったのだ。タイミングを見計らって出てきた奥さんが食後のメニューを持ってきたので、私はハーブティーを頼む。ハーブティー、と國光が面喰《めんく》らったように繰り返した。

「最近飲み始めたの」私は説明する。

國光はカフェラテにした。テーブルに並んだカップを見下ろし、私は深呼吸をする。

「ねえ、さっきのホットワイン、美味しかった？」

「うん。そっちのは微妙だったの？　言ってくれれば交換したのに」

まだ半分ほど残っている私のグラスを見て彼はつぶやく。飲んでみて、と言い返すと、國光の手が伸びてきた。一口飲んで眉を寄せ、甘い、と彼は感想を述べる。

「なんかジュースみたい。アルコールっぽさを感じない」

「うん、ジュースだよ、それ」

「……そうなの？　え、どういうこと？」

「私いま、お酒飲めないもん。カフェインもだめ。生ハムもお刺身も、その他諸々《もろもろ》」

事態を理解するのに、國光は十秒ほどかけた。「えっ」と言った後、みるみる顔を青くしてもう一度、「え？」と叫び、私のお腹《なか》に視線を向けた。私は頷く。彼のあまりの顔色の悪さに、この人、このまま倒れたりしないよね、と心配になりつつ。

「いま七週目。幸運なことに、つわりはまだそんなにない」

「――なんで言ってくれなかったんだ。俺、知っていたら絶対、離婚なんて……」

「國光の子どもだと思う？」こちらの問いかけに、彼は混乱した様子で私を見た。私は続ける。「私も浮気してたかもしれないでしょ。國光に隠れて」

「してないよ。綾子は絶対そんなことしない」

「うん、私もあなたに対して、そう思ってた」

國光は殴られたようにびくりとして口を閉じた。テーブルがしんとする。

「……浮気を知って、次の週に妊娠がわかったの。だからすごいスピードで離婚を進めたの。体調とか崩す前に決着つけたくて。まあ、ちょくちょく症状出てたけど」

でも、ある意味都合のいいことに、少々トイレにこもっても、精神的に限界がきているのだと押し切れば、國光は心配こそすれど怪しむことはなかった。

「子どもができたから國光が必要になるっていう状況が腹立たしくて、それで浮気がうやむやになるのも許せなくて。だから離婚しなきゃ気が済まなかった。でも、今日まで國光を見ていて、夫としては信用できないけど、人間としてはやっぱりいい人なんだろうなって思った。素敵な父親にもなるかもしれない。だから選ばせてあげる」

左手で顔を押さえ、泣かないように堪《こら》えている國光が目を細める。「なにを？」

「私はこの子を産んで育てる。それを父親として手伝いたいなら手伝ってもいいよ。私たちは単なる友達になってさ。それが一個目。二個目はもっとビジネスライクに、認知して養育費払って、ときどき子どもに会う、くらいにする。三個目は、このままなかったことにしてお別れする。この状況で離婚したのは私なんだし、それでもいいよ、本当に。経済的には、私、シングルマザーできると思う。貯金もあるし」

そんなことさせるわけないだろ、と國光が低い声を出した。怒ったように。それから何度も眉間を揉《も》みながら、赤くなった瞳をこちらに向ける。

「夫婦に戻って一緒に育てるっていう選択肢はないの」

「子どもがいる状態で裏切られるのは、私さすがに耐えられない」

「しない。するわけないだろ、あんなことは二度と――」

「國光はね、少し歳《とし》取ってからモテるタイプなんだよ。そして私はもう、そういう面であなたを信用できないの。だから離婚したんだよ、お互い自由にできるように」

國光は組んだ両手を額にあてて俯《うつむ》き、しばらく動かなかった。大きく息を吸ってから顔をあげ、それなら、と掠《かす》れた声を出す。

「一個目にする。それで綾子の傍《そば》にいる、その子が生まれる前からも、明日からでも。自由にしていいって言うなら綾子がいい。綾子にほかの人ができたら――、それは俺には止められないのかもしれないけど、俺は綾子にする。ほかは一生作らない。指輪もはずさない。それでいつか、五年後でも十年後でもいいから、もう一度結婚してもらえるように努力する」

この人ならそう言うだろうと思っていた。私は少しだけ嬉《うれ》しくて、少しだけ悲しい。

それでもやっぱり完璧には信じられないことが。

「わかった。でも無理しないでね」

お店を出たのは八時少し前だった。國光は私をマンションまで送ると言って聞かなかった。きんと冷えた夜道を歩きながら新婚旅行の最初の夜を思い出す。クリスマスマーケットから帰ってきた私は、あろうことかシャワーも浴びずに眠り込んでしまったのだ。翌朝ホテルの巨大なベッドの上で身体《からだ》を起こし、茫然《ぼうぜん》とする私を見て、國光は悪戯《いたずら》っぽく笑った。「ちゃんと顔拭いて、いつものクリーム塗っといた。それでも起きないんだもんな。あんなに無防備な綾子は初めて見た。かわいかったよ」ベッドサイドにはクリスマスマーケットからワインごと持って帰ってきたマグカップがふたつと、メイク落としシートとニベアの青缶が置いてあった。私は彼の手を握り、結婚してください、と頼んだ。國光は微笑《ほほえ》み、いいよ、何回でもするよ、と囁《ささや》いた。

「抱きしめてもいいですか」

マンション前で國光が訊《き》いた。私が頷くと、彼は壊れものでも扱うようにゆっくりと腕を回してきた。暖かい。私は彼の首元に顔を埋《うず》め、ワインの香りを吸い込む。

「またいつか、あのマグカップで一緒に飲めるといいね」私はつぶやいた。

私がなんの話をしているのか、國光は正確に理解する。それまで俺は飲まない。彼は言った。綾子のことをずっと待ってる、と。

ブラッディマリー　志駕晃

テキーラをカクテルメジャーカップに注ぎ、三〇ミリリットル量り、銀色のシェーカーに移し替える。そしてコアントローを一五ミリリットル、さらにライムジュースを一五ミリリットル入れてから氷を入れる。

黒いベストに黒蝶《くろちょう》ネクタイ、カウンターの中の男は、シェーカーを首の前に持ってくると端正な顔を歪《ゆが》ませる。シェーカーは直線的にシェーカーを振るのではなく、手首のスナップを利かせて氷がシェーカー全体に動くようにすることが肝心だった。なぜならばカクテルをシェークする最も重要な目的であるカクテルに空気を入れるためには、その技術が不可欠だからだ。一流のバーテンダーが作るカクテルは絶妙に空気が馴染《なじ》んでいて、同じレシピで作ってもまるで違う味になる。

昼間に一切外出をしていないので、男の肌は透き通るように白い。左右の親指でシェーカーの蓋をしっかりと押さえ、残りの指でシェーカーを点で押さえる要領で首の前で構える。そしてリズミカルにシェーカーを振ると、氷がシェーカーに当たる心地よい音が店内に響いた。

シェークしたカクテルを脚の長いカクテルグラスに注ぎ、さらに注ぎ残しのないようにシェーカーを上下に大きく振る。グラスの縁にはライムを塗って、そこに塩をつけておく。

「お待たせしました。マルガリータです」

カウンター席の女性客の前に、カクテルグラスをそっと置く。

「美味《おい》しい！」

白濁したそのカクテルを一口飲むと、彼女は目を丸くする。

「マルガリータって、人の名前ですか？」

「そうです。マルガリータは、このカクテルを考えたバーテンダーの恋人の名前です。しかしちょっと悲しいエピソードがあって、一緒にハンティングをしていた時に、恋人が流れ弾《だま》に当たって死んでしまったのです。その彼女を偲《しの》んで作られたのが、このマルガリータです」

「そうなんだ」

さらにグラスを傾けながら彼女は呟《つぶや》いた。

目が大きくて艶《あで》やかな黒髪の美人だった。睫毛《まつげ》が長く瞬《まばた》きをするたびに、瞳の美しさが引き立った。

「カクテルにはショートカクテルとロングカクテルの二つがあるのですよ。このマルガリータはどちらかわかりますか？」

「ショートですか？」

「正解です。ショートカクテルは脚の長い逆三角形のカクテルグラスを使用し基本的には氷は入れません。一方、ロングカクテルは背の高いロングタンブラーを使ったもので、氷が溶けるのを待ちながらじっくりと楽しむことができます」

ほんのりと彼女の頬が赤くなったので、酒に強いようには見えない。

「つまり、このマルガリータは温まらないうちに飲んでしまった方がいいってわけですね」

「正解です」

短時間で飲まなければならないので、ショートカクテルは酔いやすい。

「私、お酒のことはよくわからないのですが、お薦めのカクテルとかありますか？」

マルガリータを飲み干した女は、上目遣いでそう言った。

「そうですね。飲みやすいのはカルーアミルクですね。コーヒーリキュールであるカルーアリキュールとミルクを合わせてステアした甘いカフェラテのような口当たりの良いカクテルです」

レシピ上のアルコール度は八％と低めだが、カルーアリキュールの割合を増やしアルコール度を上げても気付かれない。

「他には？」

「セックス・オン・ザ・ビーチなどはいかがですか。ちょっと刺激的なネーミングですが、これはトム・クルーズが主演の映画『カクテル』で一気に有名になったカクテルなのです」

「じゃあ、それをください」

ウオッカ、ピーチリキュール、クレーム・ド・フランボワーズ、クランベリージュース、パイナップルジュースをシェーカーに入れ軽くシェークして、クラッシュドアイスにつめた大型グラスに注ぎこむ。

「セックス・オン・ザ・ビーチです」

バーテンダーはありとあらゆるカクテルのレシピを覚えないといけないが、レシピ通り作れば美味しくなるとは限らない。一流のバーテンダーならばトライ・アンド・エラーを繰り返し、自分オリジナルのレシピを持っている。

「これも美味しい」

大きな目を潤ませながら彼女は言った。グラスを持つ手が真っ白で、青い静脈がよく見える。やっぱり、今日の獲物はこの娘にしよう。

その後、テキーラサンライズ、シンガポールスリング、キッス・イン・ザ・ダークを薦めると、彼女は美味しそうに飲み干してくれた。

「ふー、私、酔っぱらっちゃったみたい。あと一杯だけ飲んで帰ることにします」

「それではブラッディマリーはどうですか。トマトジュースとレモンジュースを使ったカクテルですが、すっきりしていて飲みやすいですよ。イギリスでは、このカクテルを二日酔いの時の迎え酒として飲む習慣があるのです」

トマトには悪酔い防止のビタミンCが豊富に含まれているので、イギリスの習慣はあながち間違ってはいないのだが、アルコール耐性のない日本の女性がカクテルを大量に飲めば無事でいられるはずがない。

「そうなんですか。じゃあ、それを下さい」

ブラッディマリーの作り方は比較的簡単で、氷を入れたタンブラーにウオッカを入れて、後はトマトジュースとレモンジュースを入れる。シェークする必要はなく、バースプーンで軽くかき混ぜれば出来上がる。後は好みで醤油《しょうゆ》、タバスコ、胡椒《こしょう》、ウスターソース、セロリソルトなどを入れるのだが、ここではウスターソースを少量たらすことにしていた。

「ブラッディマリーです。タバスコはお好みで使ってください」

血のように赤いそのカクテルを、タバスコの瓶とともにカウンターに置いた。

「何か、微妙な味ですね」

赤い液体を喉の奥へと注ぎ込むと、大きな目を細めながら彼女は言った。

「ブラッディマリーは、イングランドの女王メアリー一世に由来があると言われています。熱心なカトリック信者だったメアリー一世は、自国のプロテスタント信者を徹底的に弾劾し『血まみれメアリー』と呼ばれるようになったのです。そんな女王のイメージから、この血のように赤いカクテルの名前が付けられたのです」

女王は女子供を含む約三〇〇人のプロテスタント信者を処刑した。

「血と言えば、最近、変な都市伝説が噂《うわさ》になっているのを知っていますか」

「どんな噂ですか」

「墓地で女性の変死体が連続して発見されたんですが、その死体にはほとんど血が残っていなかったんです。首に小さな穴があったので、そこから血を抜かれて殺されたんじゃないかっていう噂なんです」

「へー、そんな噂があるのですか。ところで殺されたといえば、今までお客さんが飲んでいたお酒は、全部、女殺しの酒と呼ばれているのをご存知ですか」

「女殺しの酒。それはどういう意味れすか？」

いよいよ彼女の呂律《ろれつ》が怪しくなってきた。

「女殺しの酒とは、まだウオッカが珍しかったころにアメリカで流行《はや》ったカクテルのことです。ウオッカはアルコール度数が高く無味無臭なので、甘くて口当たりの良いカクテルの材料に最適ですから、どんどん飲ませて女性を酔わしてしまうにはまさに最適の材料だったのです」

遂に彼女はカウンターに突っ伏してしまった。

「アメリカでは、そんなカクテルをレディーキラーカクテルと呼んでいます。見た目が美しく、甘くて口当たりの良いカクテルなので、つい飲み過ぎてしまうわけです。

レディーキラーカクテルのアルコール度数は、少なくても一〇%、高いものだと三〇%もあります。ちなみに血中アルコール濃度が〇・四%になると、人は眠ってしまいます」

そんな言葉は聞こえていないようで、彼女は静かな寝息をかくばかりだった。男は彼女の白いうなじに鼻を近づけその匂いを堪能する。こうやって客を泥酔させて、美味しくいただくのはいつ以来だろうか。

その時、店のドアが開き、スーツ姿の二人の男性客が入ってきた。

「すみません。今晩はちょっと事情ができまして、少し早いのですが閉店とさせていただきます」

「え、もうですか？　一杯だけでもいいですから」

愚図る男性客を説得するために、近づくとどこかで餃子《ギョーザ》でも食べたのだろうか、ニンニクのような口臭に思わず鼻を摘《つま》みたくなった。

店の入り口で押し問答をしながら何とか二人連れの客を店の外に押し出すと、男はドアにかかっていた「営業中」の看板を裏返した後に店内に戻り、ドアを後ろ手で閉めて施錠をする。

間違いない。このバーテンダーこそが連続変死体事件の犯人だ。

カウンターに突っ伏しながら女はそう確信した。実は彼女は変死体事件の担当刑事で、客を装いこのバーテンダーに接近したのだった。

彼女は署内でも有名な酒豪で、今でも全く酔ってはいない。

やがて男がカウンター席に戻ってきて、寝ているふりをしている彼女のうなじに顔を近づけその首筋にキスをしようとした。

「そこまでよ」

いきなりがばっと起き上がり警察手帳を突きつけたので、男は目を瞬《また》かせて驚いていた。

「連続変死事件の重要参考人として、署まで同行してもらいます」

一瞬たじろぎはしたが、男はすぐに不敵な笑いを浮かべて彼女に襲いかかる。柔道の有段者でもある彼女は、そんな男の手を取り得意の一本背負いを決めようとするが、男の超人的な怪力に全く抵抗ができなかった。

そして男は今まで隠していたヴァンパイア特有の牙を剝《む》き出しにして、彼女の白い首筋に突き立てた。

酔いが醒めると消える家　友井羊

スープ屋しずくはオフィス街にあるスープ専門のレストランだ。常連の理恵《りえ》は普段、出社の際に店に寄ることが多い。だけど会社が休みの土曜の昼過ぎ、ランチを食べるためにわざわざ電車に乗って店を訪れた。

「ああ、理恵さん。いらっしゃいませ」

店主の麻野《あさの》暁《あきら》がテーブル席を片付けながら、理恵に笑顔を向ける。三十代半ばの男性で、穏やかな笑みをひそかに大型犬に似ていると思っていた。平日と較《くら》べて土曜はのんびりしているけれど、午後一時半の時点では珍しく客がいなかった。

「あれ、理恵ちゃんだ。土曜なのに来てくれたんだ」

茶髪の男性が手を振る。慎哉《しんや》はスープ屋しずくのホール担当で、日焼けした肌とツンツンに立てたヘアスタイルが印象的だった。

「麻野さんの料理が食べたくて来ちゃいました」

理恵がカウンターに腰かけると、慎哉がお冷やを置いてくれた。

「せっかくだから理恵ちゃんも聞いてよ。実は奇妙な出来事が起きたんで、暁に真相を見抜いてもらおうと思っていたんだ」

「奇妙なことですか？」

理恵は首を傾《かし》げながら、土曜限定のメニューに目を向ける。

「そうなんだよ。昨日、本山《もとやま》っていうおっさんの住む一軒家で酒を飲んでさ。だけど今日になったら、その家がどこかに消え失せたんだ」

「家が消えた？」

一晩で一軒家がなくなるなんてあり得ない。すると麻野が店内奥の厨房《ちゅうぼう》に食器類を運んだ後、ホールに戻ってきた。

「おかしいですよね。でも慎哉くんは消えたと言い張っているんですよ」

「本当なんだって！」

麻野は酔っ払いに絡まれたときみたいな面倒そうな表情で、慎哉がその顔を見て不満を顕《あら》わにしている。それから慎哉は唐突に、昨晩からの一部始終を語りはじめた。

その間に理恵は、お昼ごはんとしてポトフを注文した。

慎哉は昨夜、店が終わってから飲みに繰り出したらしい。スープ屋しずくは午後九時閉店と終わるのが早いので、仕事終わりによく飲みに行くそうなのだ。

「適当に入った酒場で、やまちゃんって名乗るじいさんと意気投合したんだ。七十を過ぎていたけど、めちゃくちゃ元気だったな」

隣に座った慎哉と盛り上がったそうだが、店が十二時に閉まってしまったという。

「飲み足りないと思っていたら、やまちゃんが自宅で飲もうと誘ってくれてさ」

初対面の相手の自宅で酒を酌み交わすなんて、人見知りの理恵には考えられない。だけど慎哉は提案に乗り、やまちゃんについていった。自宅は酒場から徒歩十五分ほどの住宅街にあったそうだ。

「大掃除の途中らしくて、一軒家の前に粗大ゴミや雑誌なんかがたくさん積まれてあったのを覚えているよ。それで自宅にお邪魔して二時間ほど飲んでいたら、やまちゃんが途中で力尽きて眠っちゃったんだ」

慎哉が帰ろうと思って声をかけると、やまちゃんは寝惚《ねぼ》けながら起き出したという。そして自宅の鍵を取り出して、慎哉に施錠するように頼んだそうだ。

「俺は玄関の鍵を閉めて帰ったんだ。本当は郵便受けに入れるように言われていたんだけど、泥酔していたせいでうっかり持ち帰っちゃったんだ」

「駄目じゃないですか！」

理恵は思わず叫んでいた。

「本当に面目ない」

慎哉が項垂《うなだ》れるけれど、反省の気持ちは伝わってこない。

「今日の朝九時に起きてすぐ、鍵の存在に気づいてさ。慌てて返そうと思って、記憶を頼りに住宅街に戻ったんだ。だけど家の場所が全然わからなくてさ」

慎哉は泥酔していて、夜中で街並みも暗かった。目印になるような店舗もない住宅街だったこともあり、やまちゃんの自宅は全くわからなかったという。だけど慎哉は苗字を手がかりにすれば、すぐに見つかると思っていたらしい。

「でも何人かに聞いたけど、その辺に本山なんて人はいないって言われたんだ」

「場所が違うんじゃないですか？」

「やまちゃんと途中にあった稲荷《いなり》神社にお参りしたんだ。神社の場所なら覚えている。あの辺で間違いないよ」

「信心深い酔っ払いですね」

理恵があきれていると、黙って話を聞いていた麻野が口を開いた。

「質問なのですが、本山という苗字は御本人が名乗ったのですか？」

「……いや、そうじゃないな」

慎哉は眉根を寄せるが、すぐに手を叩《たた》いた。

「そうそう。やまちゃんの自宅の表札に本山って書いてあったんだ」

「本山のモトでなく、ヤマを取ったニックネームなのですね」

「あだ名なんて意味不明なものだろ」

慎哉の指摘通り、理恵の学生時代の友人にも、内輪でしか通じないような愛称の子がたくさんいた。麻野は淡々とした口調で質問を続ける。

「本山さんのご自宅について、他に何か記憶に残っていませんか？」

「そうだなあ。俺の見た限り、家には誰もいなかったはずだ」

慎哉はしばらく首をひねっていたが、急に眼を見開いた。

「大事なことを思い出した！　やまちゃんの家の玄関が二階にあったんだ。家に入るために階段を上ったんだよ」

玄関が二階にある家は珍しい。理恵は意見を言ってみた。

「高低差がある地域なのでしょうか。または一階全部が駐車場とも考えられます」

「あの辺の土地は平らだよ。一階は普通の住居だったと思うけど……」

理恵の思いつきは、どちらも慎哉には腑《ふ》に落ちないらしい。

「表札の本山という文字は、横に並んでいましたか？」

麻野の突然の質問に、慎哉が困惑気味に答える。

「えっと、横だったはずだ。でもこの質問にどんな意味があるんだ？」

「それでしたら、おそらく本山という人物は存在しないのだと思います」

「どういうことだ」

それから麻野が推理を披露すると、慎哉は驚愕《きょうがく》の表情で店を出て行った。

「無事に見つかるといいですね」

「きっと大丈夫でしょう」

静かになった店内で、理恵はポトフを味わう。豚肉の旨《うま》みと野菜の味わいが溶け合ったスープは優しい味で、飲み込むと身体《からだ》に染みわたる気がした。

週明けの月曜、理恵は早朝のスープ屋しずくにやってきた。宣伝はしていないけれど、ひっそりと朝に営業して極上の朝ごはんを提供しているのだ。店に入ると慎哉がカウンターで突っ伏していた。麻野に挨拶をしてから慎哉の隣に腰かける。

「また飲んだのですか？」

「昨日は隣に座った子と盛り上がってさ。一時間前までバーで飲んでたんだ」

あきれたことにまた夜通し飲んでいたらしい。

やまちゃんに鍵を返却できたことは、慎哉からＳＮＳ経由でメッセージが届いていた。麻野の推理が正鵠《せいこく》を射《い》ていたおかげで自宅を発見できたそうだ。

間違いの根本は本山という苗字だった。慎哉は表札の記憶を頼りに、本山宅を探していた。だがそのような家など存在していなかったのだ。

慎哉の記憶では、玄関に入るため階段を上っている。実はやまちゃんの一軒家は二世帯住宅で、二階は親世帯、一階は子世帯と分離していたのだ。慎哉は一階の玄関についていては、酒酔いと夜の暗さのせいで気づくことができなかった。

やまちゃんの本名は山添《やまぞえ》だった。表札には一階に住む娘夫婦の姓である本条《ほんじょう》という文字も彫られていた。そして表札の苗字は縦書きで横並びになっていた。

やまちゃんの自宅の前には粗大ゴミが積まれていた。泥酔した慎哉はゴミを横目に一軒家に上がり込んだ。実はその際、ゴミが表札の下半分を隠していたのだ。

山添
本条
この下の文字がゴミで隠れた結果、慎哉は本山と誤読してしまったのだ。

慎哉は麻野の推理を聞き、子世帯の苗字が本、親世帯の苗字が山ではじまる二世帯住宅を探した。すると簡単に山添の自宅にたどり着いたそうだ。

山添は七十代ながら壮健で、健康のため二階に住むことを選んだらしい。少し前に妻を亡くし、寂しさから飲み歩くようになった。娘夫婦がそんな山添を心配して同居を申し出たことで、もうすぐ二世帯生活を解消する予定だという。自宅前の粗大ゴミは改装のためで、慎哉が探しまわった時点で片付けられていたようだ。

麻野はまず、呼び名から本山という苗字に疑問を抱いた。それから二階が玄関という珍しい間取りと、一階が住宅のはずという情報から二世帯住宅に思い当たった。そして自宅前に積まれたゴミから表札の勘違いの可能性に行き当たり、慎哉に本山という文字が横書きだったかを確認していたのだ。

麻野が眉間に皺《しわ》を寄せ、慎哉の前に青磁の器に盛られた透明なスープを置いた。

「いい加減に飲み過ぎは控えてください」

「前向きに善処しよう」

具材はたっぷりの豆もやしで、卵が落としてある。これが今朝の日替わりスープのようで、麻野は理恵には優しい笑みを向けた。

「本日はヘジャンクッという韓国のスープです。牛の出汁《だし》を使っていて、韓国では飲み過ぎた翌日の朝に飲まれるようです。ごはんと一緒にお楽しみください」

「美味しそうですね。いただきます」

二日酔いに良いとされるヘジャンクッは以前、干し鱈《たら》を使ったスープをスープ屋しずくで食べたことがある。色々な種類があるのだろう。ステンレスの匙《さじ》ですくって食べると、脂を取り除いた牛のスープは上品な味わいだった。豆もやしは甘みが強いしゃきしゃきの食感で、卵が全体を優しく包み込んでいる。

「ああ、最高だ。全身のアルコールが浄化されるようだ」

一心不乱に口に運ぶ慎哉を見守りながら、麻野が目を細めて微笑《ほほえ》んだ。

「豆もやしのアスパラギン酸は肝臓を保護する効果があるとされています。おかわりが欲しかったら言ってくださいね」

「生き返る……」

多分だけど、麻野は慎哉が飲み過ぎるのを予想して、今日の料理を選んだような気がした。二人の絆《きずな》の強さが感じられ、理恵は少しだけ羨《うらや》ましく思うのだった。

七面鳥は見つめる　岡崎琢磨

僕の顔を見るなり、京香《きょうか》さんは懐かしい声を上げた。

「あら。――久しぶりね」

十五年ぶりに訪れるバー・ミヤコの内装は、驚くほど何も変わっておらず、僕はタイムスリップしたかのような錯覚に襲われた。薄暗い店内を暖色のライトが照らし、壁の棚にはウイスキーやスピリッツの類《たぐい》が所狭しと並んでいる。早い時間帯だからか、五席しかないカウンターに客は一人もいなかった。

「よく、僕だってわかりましたね」

言いながら、手袋を外すより先に厚手のコートを脱ぐ。年の瀬の夜気で冷えた身に、暖房が効いているのがありがたかった。

「職業柄、一度憶えた顔は忘れないのよ」

そう言って笑う京香さんは相変わらず美しくはあったものの、暗がりでも見て取れるほどにはその顔や指に十五年という時を刻んでいて、僕は自分もまたあの頃の若者ではないのだ、という当たり前の事実を思い知らされた。

「何、飲む？」

その問いに対する答えは決まっていた。

「ワイルドターキー、シングルをロックで」

京香さんは意味ありげな目配せをしたのち、慣れた手つきでグラスに丸く削った氷を入れ、琥珀《こはく》色のウイスキーを注いで撹《か》き混ぜる。目の前に置かれたお酒に口をつけてから、僕は語り出した。

「やっとわかったんです――あのころ、いつも無料で飲ませてもらっていた意味が」

バー・ミヤコに初めて足を踏み入れたのは二〇〇三年の秋、僕が二十歳《はたち》になりたてだったある晩のことだった。

大学のサークル活動を終え、深夜二十三時ごろ、最寄り駅から生家でもある自宅に帰る途中だった。通りを早歩きで進んでいた僕は、駅から少し離れたところで突如声をかけられ、足を止めた。

「お兄さん、一杯飲んでかない？」

そのとき壁にもたれてタバコを吸っていたのが、バー・ミヤコのマスター、京香さんだった。

ボリュームのある茶髪と気だるげな眼差《まなざ》し、厚みと艶《つや》のある赤い唇、暗い色のネイル、モノトーンの制服、そして煙を吸い込む際の慣れた手つき。おそらく一回りくらいしか歳《とし》の離れていないその人が、僕には何もかも洗練されているように見えた。

「あの、僕、いまから帰るところで」

慣れないシチュエーションに口ごもりつつそう答えた僕の肩を、京香さんは押した。

「そう言わずにさ。お酒、おごるから」

それでも本気で抵抗すれば、店内には連れ込まれずに済んだだろう。本音を言えば、僕は京香さんがどうして声をかけてきたのか気になっていた。

京香さんが暇そうにしていたことからも察せられるとおり、客はいなかった。本格的なバーという場所に入るのは初めてで、気後れしながらも背の高いスツールに腰を下ろした。

何がいい、とは訊《き》かれなかった。ウイスキーと思《おぼ》しき液体のロックが差し出されたのを見て、僕は言う。

「お酒は……基本的に飲まないようにしてて」

「どうして？　未成年、ってわけでもないんでしょう」

つい最近まで未成年だったのだけれど、などと思いつつ、僕は初対面の相手に話すべきではないようなことを、正直に打ち明けてしまっていた。

「母親が酒嫌いなんです。若いころに、弟を急性アルコール中毒で亡くしていて。職場の飲み会で一気飲みを強要されたんだとか」

「それで、家族にはお酒を飲ませたくないのね。じゃあ、あなたのパパも？」

「母と結婚するときに、生涯断酒を誓ったらしいです。その日から、本当に一滴も飲んでなかった」

「過去形なんだ」

彼女の耳聡《みみざと》さに、僕は驚いた。

「僕が十五歳のときに、大腸癌《がん》で亡くなりました。皮肉ですよね、誓いを守ったのに」

京香さんはそう、とつぶやいて悼《いた》むように口をつぐむ。沈黙に耐えかね、訊《たず》ねた。

「これ、何ていうお酒ですか」

「ワイルドターキー八年。そこにボトル、置いたでしょう」

目線を下げると、ラベルに描かれた七面鳥と目が合う。

「ウイスキー、全然知らなくて……どういうお酒なんですか」

「バーボンだね。とうもろこしが原料のウイスキー。私が無理やり誘ったんだし、飲みたくなければ飲まなくてもいいよ。どうせ、そんなに高いお酒でもないから」

迷ったけれど、僕はグラスに口をつけ、一気に飲み干した。どうしてそんなことをしたのかはわからない。悲劇を家族に押しつけることでかえって過去に囚《とら》われ続けている母に反感があったし、京香さんに気に入られたいという邪《よこしま》な思いもあった。実を言えば、大学に入ってから断り切れずに何度か酒を飲んだ経験があり、自分が飲める体質であることも知っていた。

「いい飲みっぷりね」

京香さんは色っぽく微笑《ほほえ》み、本当にお代を受け取らなかった。

その日から、僕は京香さんに会いたい一心でミヤコを訪れ、そのたびに京香さんはワイルドターキーをサービスしてくれた。

近所で飲酒していることを母親に悟られたくなかったのと、タダ酒の後ろめたさもあって、月に一度しか通えなかった。お金を払おうとしても、京香さんは頑として受け取らなかった。

一度、常連客にタダ酒がバレたことがある。

「いいのか？　特別扱いして」

そう言って眉をひそめた中年男性に、京香さんは茶目っ気たっぷりに返した。

「いいの。この子は私のお気に入りだから」

その一言は、僕の心を何度も仄明《ほのあか》るくした。

だが、そんな日々は一年ほどで唐突に終わりを告げた。あるとき京香さんが、僕にグラスを差し出しながら告げたのだ。

「ごめん。ごちそうできるのは、この一杯が最後」

ちょうど、ワイルドターキーのボトルが空になったタイミングだった。お試しにしてはあまりに長い無料期間に、すっかり慣れてしまっていた僕は衝撃を受けた。お金を払うのが嫌だったわけじゃない。ただ、京香さんに特別扱いされなくなるのが寂しかったのだ。

「僕、京香さんのことが好きです」

それは、思わず口を衝《つ》いて出た一言だった。

京香さんは悲しげに目を伏せ、つぶやいた。

「もう、うちの店には来ないほうがいいかもね」

その言葉に傷ついた僕はバー・ミヤコを飛び出し、それ以降、一度も店の前を通らなかった。大学を出て就職のために地元を離れ、新天地での生活が板につくころには、京香さんと過ごした不思議な時間のこともほとんど思い出さなくなっていた。

「――親元を離れた僕は普通にお酒をたしなむようになりましたが、何となくワイルドターキーは避けてたんです。それで、気がつくのが遅れた」

「何に？」

京香さんの鋭い眼差しに少しひるみながら、僕は目の前のボトルを指差す。

「あのボトルのラベルに描かれた七面鳥がこちらを向いている違和感に、です」

いま、目の前に置かれているボトルのラベルにも、七面鳥は印刷されている。だが、それは横を向いており、カウンターの僕と目が合うことはなかった。

「調べたら、ワイルドターキーの七面鳥のデザインが変わったのは一九九九年のことでした。二〇〇三年当時、オールドボトルは決して入手困難なものではなかったでしょうが、大学生に無料で振る舞うにはもったいない代物であったことも確かです。日頃からお酒を商売道具にしていた京香さんが、その事実を知らなかったはずはない」

そこから僕は、一つの結論を導き出した。

「あのワイルドターキー八年は、一九九九年以前にボトルキープされたものですね」

京香さんはくすりと笑い、昔よりもいくらか低くなった声で言った。

「あなたのパパは、確かにお酒を飲まなかった。——飲酒しなくても、バーの常連になったっていいのよ」

私のほうから声をかけたのだ、と彼女は語る。

「ちょうど、あの日のあなたと同じようにね。——パパ、優しい人だった。若気の至りで店を開いたはいいものの、常連もつかず困り果てていた私に同情して、ソフトドリンクでもいいなら、と通ってくれた。知り合いを連れてきてくれたことも一度ならずあった。そのおかげもあって、うちの店の経営は軌道に乗った。なのに」

そこで一度、京香さんは言葉を切る。

「パパは、いつか息子と男どうしで酒を酌み交わす日が来るのを、何よりの楽しみにしてた。その日だけは、妻との誓いも破るつもりだって。でも癌が見つかって、余命幾許《いくばく》もなくなって、その願いは叶《かな》わなくなってしまった。だから、私に言ったのよ」

――京香さん、ボトルキープしてもいいかな。いつか成人した息子に飲ませてやってほしい。

「そして、自分が昔好きだったワイルドターキー八年を購入して、その栓を開け、一杯だけ飲んだの。『妻にバレたら怒られるから、息子にもこのことは内緒にしてよ』って頼み込むパパ、本当に幸せそうだった。死期が迫っていたというのに、ね」

京香さんの目に、涙がにじむ。

どうして彼女があの日、もう店に来るなと僕に告げたのか、ようやく理解できた気がした。京香さんと父が、店主と常連以上の深い関係にあったとは思わないし、思いたくない。ただ、少なくとも京香さんの中には、特別な感情があったのだろう。故人の無茶な依頼を、完璧に成し遂げるほどに。

もちろん、彼女に本心を訊ねたりはしなかった。それは知らなくていいことだった。

「パパの思い、よく見抜いたわね」

感心する京香さんに僕は、手袋を外しながら、簡単なことですよ、と言った。

「僕にも息子が生まれたんです。いま、実家に帰省中でして」

左手の薬指の指輪を見て京香さんは、早く帰ってあげなさい、と僕をたしなめた。

居酒屋でモーニングを　神凪唐州

目が覚めると、そこは見知らぬ場所だった。

テーブルに突っ伏して眠っていたせいか、体の節々に痛みがある。

そもそもなんでこんなところにいるんだろう。記憶を辿《たど》ろうとしてみるが、頭がふわふわして全く思い出すことができなかった。

とりあえず辺りを見回してみる。窓から日が差しているところを見ると朝方なのだろう。室内の雰囲気からすると、どこかの居酒屋か何かのようだ。酔っ払って記憶を飛ばしてしまったのだろうか。もしそうなら、お店に大きな迷惑をかけてしまったことになる。

さーっと血の気が引いていくのを感じていると、不意に横から声をかけられた。

「あ、お姉さん、おはよーさん！　どえりゃあよー寝とったねー」

声をかけてきたのは、顔立ちが整った一人の少年。袖を落とした着物のようにも見える独特の服装をまとっている。赤みがかった髪が印象的で、どことなく不思議な雰囲気が感じられた。

「そうそう、カバンが落っこちてまっとったで、こっちに置いといたんだわ。中身ちゃんと入っとるか、いっぺん見てもらってもええ？」

「あ、ありがとうございます」

カバンの中身を確認すると、スマホに財布、手帳、小物類まで一つ残らず入っていた。さらには、今日会おうとしていた相手に突き付けるつもりの布包みの荷物も目に留まる。そうだよね、これも確か昨日のうちに入れたんだよね。

「ん？　なんか無くなっとるもんでもあった？」

「あ、いえ。荷物はちゃんと全部ありました。アレもコレも、ちゃんと全部……」

「ふーん？　まぁ、ちゃんと全部あったんなら良かったわ」

「ご心配をおかけして申し訳ございません。あの、ところでここは……？」

小首をかしげながらもうんうんと頷《うなず》く少年に、再び自分の居場所を尋ねる。なんか記憶喪失の人みたいだ。いや、いっそ本当に記憶が無くなる方が楽かもしれない。

「ここ？　ここはね……、ご飯屋さん！」

「あ、はい。それはたぶんそうかなーって思ったんですが……」

「うち、割と評判いいんだよねー。といっても、めったに客は来んもんで、いっつもヒマなんだわ。そうだ、お姉さん腹減っとらん？　久し振りのお客さんになってよ！」

まくし立てるように語る少年。ちょっと勢いが良すぎてタジタジになってしまう。

「あ、ありがとうございます。でも、今、正直食欲が……」

と言いかけた瞬間、お腹《なか》がぐぅと鳴った。腹の虫よ、ちょっとは空気読んでくれ。

「なんだ、腹減っとるんじゃん。じゃあ、ちょっとだけ待っとってー」

そう言うが早いか、少年はあっと言う間に店の奥へと姿を消してしまった。

◇　◇　◇

「お待たせしました。何でも作りますので、遠慮無く仰《おっしゃ》ってくださいね」

少年とともに戻って来たのは、丸い眼鏡《めがね》をかけた一人の男性だった。背は高く、細身ながらがっしりとした体格。わずかに青みがかった白髪とも相まって迫力がとにかくスゴイ。ややコワモテな雰囲気があるものの、間違いなく相当のイケオジだ。

「何でもどえりゃあうみゃあに作ってくれるで、遠慮しんでね」

少年の言葉遣いは、名古屋で暮らしていた祖父母の言葉のような懐かしさが感じられた。しかし、今はその懐かしさも受け止められないほど、全身がドス黒いモヤモヤでいっぱいになってしまっている。気遣ってくれるのはうれしいが、食べたいものはとても見つかりそうにない。

「あ、すいません。お腹は鳴ってるんですが、正直食欲が全然なくて……」

「ああ、それはいけませんね。うーん、それなら……、お酒は呑《の》めますか？」

「お酒？　え、ええ。嗜《たしな》む程度には」

不意の質問に、うっかり普段の調子で返してしまった。とはいえ、確かにお酒なら呑めるかもしれない。むしろ、このまま素面《しらふ》でいるよりよっぽどマシだ。

「そうしたら、お酒で食欲を呼び覚ましてみましょうか。たまには居酒屋流のモーニングなんてのも乙《おつ》ですよ。軽くつまめるものを用意しますんで、少々お待ちください」

イケオジはそう言うと、エプロンの紐《ひも》をきゅっと結び、早速料理にとりかかった。

カウンター越しに手元を眺めていると、手慣れた様子で食材が捌《さば》かれていき、やがて次々と料理が出来上がっていく。あっと言う間の早業とはまさにこのことだ。

「お待たせしました。居酒屋モーニングの三種盛り合わせです。お酒も私の方で選んでも大丈夫ですか?」

「あ、はい。ありがとうございます」

皿の上に並ぶのは、料理屋や旅館の突き出しとして出てきそうな雰囲気のおつまみが三種類。その隣には、飲みきりサイズの日本酒の瓶と表面にうっすらと霜がついたガラスの片口が用意された。

イケオジが瓶の蓋を慎重に開け、中身を片口へ勢いよく注ぐ。すると——。

「えっ、ウソーッ?」

透明な液体として注がれた酒が、片口の中でみるみる凍っていった。

小瓶一本分を注ぎきって出来上たのは柔らかなお酒のシャーベット。まるで手品を見ているみたいだ。

「これ、面白《おもし》れーだろ? みぞれ酒っていうんだぜ」

「これなら見た目でも楽しんで頂けるかなと。ささ、溶けないうちにまずは一口」

「あ、はいっ。頂きます」

イケオジに促されるまま、お猪口《ちょこ》にみぞれ酒を注いで口元へと運ぶ。

うん、間違いない。これはまさしく〝呑める日本酒のシャーベット〟だ。

シャーベット状のお酒は冷酒よりもさらに冷たく、日本酒の酒精感が抑えられてすごく飲みやすい。口の中でサーッと溶けていく感触も素敵だ。味わいがキリッと引き締まっている気がするのは、やっぱりお酒がキンキンに冷えているからだろうか。

そんなことを思っていると、自然とおつまみに箸が伸びた。最初につまんだのは小鉢に入った生海老《えび》のむき身。ほどよい塩気と軽やかな旨味、華やかな香り、さらに刺激的で爽やかな風味のカルテットが生の海老特有の甘味を引き立てている。これ、めっちゃ美味《おい》しいやつだ。

「そちらは甘海老を使った『エビワサ』ですね。甘エビのむき身に白醤油《しろしょうゆ》と刻みワサビで味付けをしたものです」

「白醤油って、何ですか？」

「白醤油は大豆ではなく小麦をメインに作られたお醤油ですね。うどんやきしめんのつゆや茶碗《ちゃわん》蒸しなどの玉子料理などに使われる事が多いんですが、海老とかタコ、イカ、貝類、それに白身魚のお刺身と合わせると素材の味を引き出してくれるんです」

「へー。これ、すごく気に入りました。それにお酒にもとっても合います」

気づいた時にはあっと言う間にお猪口が空になっていた。少し溶け始めたみぞれ酒をお猪口に注ぎ、次の肴《さかな》に備える。

二つ目は濃い茶色のタレをまとった琥珀《こはく》色の卵黄。しっかりと固まった卵黄を箸で割ると中からトロリと黄身が流れ出す。

「これは卵黄の味噌《みそ》漬けですか？」

「惜しい！ これは『卵黄の味噌だれ漬け』なんだわ。味噌で漬けるよりも、味噌だれ使った方が楽ちんなんだよねー」

「こらこら、ネタばらしするんじゃありません。この辺りではお馴染《なじ》みとなっている市販の味噌だれで漬けていますので、少し甘めの仕上がりかなと思います」

へー、あの味噌だれってこういう使い方もできるんだ。そう感心しながら卵黄を小さく割って口に放り込む。ねっとりと固まった外側と、トロッと柔らかな内側のバランスが絶妙だ。味噌だれも全くしつこくなく、卵の一番濃い部分の美味しさがさらにギュッと凝縮されている。お酒のアテとしては間違いなく最高の部類。それならばついついお酒が進んでしまうのも仕方がない。

最後は小さめの角煮のようなお肉。一緒にこんにゃくも添えられているが、どちらも真っ黒に見えるほどシミッシミだ。

「こちらは豚軟骨の甘辛煮、たまり醤油ベースのつゆでしっかりと煮込んであります。軟骨まで柔らかく煮えていますので、どうぞそのままお召し上がりください」

こんなの絶対美味しいに決まっているじゃん。シミシミの肉にパクリとかぶりついた瞬間、予想通り口の中で美味しいが爆発した。噛《か》みしめるほどにじゅわっと溢《あふ》れ出す肉の旨味、塩辛さを感じさせない濃厚なタレの旨味、そしてぷるっぷるにとろける軟骨。三位《さんみ》一体の美味しさに、お酒もどんどん加速する。

さらに驚いたのがこんにゃくだ。プリプリに引き締まったこんにゃくが、肉から出た旨味を全部吸い込んでいる。このこんにゃくだけでお酒が無限に呑めそうだ。

食欲なんて全然無かったはずなのに、気づけばお酒もおつまみもどんどん進んでいた。黒いモヤモヤはどこかに吹き飛び、干したてのお布団のような真っ白なふわふわ感が体を包み込んでいる。あまりの心地よさに、自然と瞼《まぶた》が下がっていく。なんだかとっても眠くなってきた……。

「美味しいって感じられるなら、もう大丈夫だで。お姉さん、そんじゃあな！」

「お酒は嫌なことを流してくれます。それではお元気で。アデュー」

遠くに二人の声を聞きながら、私はふっと意識を手放した。

◇◇◇

次に目が覚めたとき、私は自宅のテーブルに突っ伏していた。辺りを見渡してみるが、間違いなく見慣れすぎた光景だ。

鏡の中の私は目がパンパンに腫れ、真っ赤に充血している。体もズッシリと重い。

しかし、不思議と気持ちはスッキリしていた。

目覚ましアラームが鳴ったことで、スマホがカバンに入れっぱなしだったことを思い出す。スマホを取り出そうとカバンを開くと、布包みの荷物が目に入った。私を騙《だま》し、弄び、そして保身のために裏切ったあの男に突き立てるべく用意した贈り物だ。

「あー……うん、もう、いっか」

あんな外道のために、私が人生を棒に振る必要なんてどこにもない。こんな当たり前のことが、どうして分からなかったんだろうか。もしかするとお腹が空《す》きすぎてちゃんと考えるエネルギーも無くなってしまっていたのかもしれない。よし、今日はうーんと美味しいものを食べよう。

私は贈り物の包みの中から包丁を取り出すと、キッチンへと向かっていった。

一日の終わり　降田天

車内チャイムが出発の時を告げ、東海道新幹線こだまは静かに新大阪駅を出発した。三人掛けシートの窓側の席にひとり座った私は、耳になじんだメロディを心のなかでなぞりながら、ホームの明かりが横に流れていく様を楽しんだ。

今回の遠征はなかなかよかった。タイムテーブルも移動もすべてがスムーズだったおかげで、遠征にはつきものの疲れが最低限ですんだ。日帰りできたおかげで、今夜は自宅のベッドでゆっくり眠ることができる。

自由席車両は空《す》いていた。ところどころにぽつぽつと人の頭が見えるくらいで、前後三列のシートに乗客はいない。私ははばかることなく背もたれを少し後ろに倒し、くつろいだ姿勢になった。それからおもむろにテーブルに置いた買い物袋に手を伸ばした。取り出したのは、パックに入った紅しょうがの串カツとエビ焼売《シューマイ》。そして地元産のデラウェアで作ったという白ワインのミニボトル。

これこれ。私はほくほくと両手をこすり合わせた。ずっと前から「新幹線呑《の》み」なる行為に憧れていたのだ。ふだんはあまり呑まない――とくに外では――ほうだが、YouTubeの旅動画を見てやってみたいと思った。遠征のたびに今度こそと思いながら、今日まで機会に恵まれなかった。新大阪駅でつまみを物色しているあいだ、私がどんなに浮かれていたか、傍目《はため》にはわからなかっただろう。たぶんいまも。だが態度に出ないたちなだけで、心はライブの開始をいまかいまかと待つときのようにわくわくしている。そうだ、あれも出してしまおう。私はドリンクホルダーに吊《つ》るした紙袋から、みたらし団子を取り出した。新幹線呑みのためではなく自分土産《みやげ》として有名店で購入したものだが、この場でデザートにするのもいい。むしろいまこそ最もおいしく味わえる気がする。

京都駅まではすぐだ。乗客の乗り降りがあると落ち着かないので、ワインを買ったときに付けてもらったミニサイズのプラカップをセットして、京都駅を出るまでは我慢、我慢。遠征の余韻に浸りながら待つ。天候に恵まれたし、場所《ハコ》もよかった。衣装も大正解だった。

幸いなことに京都駅からの乗客もほとんどいなかった。私の周辺三列分は空席のまま、再び新幹線が動きだす。

いざ。いよいよワインボトルを手に取ってスクリューキャップをひねろうとしたとき、タイミング悪く車掌が現れて切符の点検を始めた。私はワインボトルを置き、スマホの画面にＩＣ乗車券を表示して待った。ところが車掌は私の横を素通りして、後方の乗客のもとへ向かった。私は車掌を呼び止めることなくスマホをバッグに戻した。どうも私は存在感が薄いらしく、よくあることだ。

あらためてワインボトルを持ちあげる。心地よい重みと冷たさに、いっそう心が浮き立つ。だがそのとき、前方のドアが開いて隣の車両からひとりの男性客が移動してきた。黒のTシャツに黒のキャップで、やっぱり黒のリュックを片方の肩にかけている。嫌な予感がした。それは的中し、男性はこっちへ向かって歩いてくると、私のすぐ前のシートのまんなかの席に放り投げるようにしてリュックを置いた。そして窓際の席、つまり私の真ん前の席にどさっと腰を下ろした。背もたれが揺れ、テーブルに並べた私のつまみたちが震える。

私はワインボトルを持ったまま周囲を見回した。こんなに空席があるのに、よりによってなぜここに。わかっている。さっきの車掌と同じだろう。これもまたよくあることだ。しかし車掌の場合と違って、今度の彼は通りすぎていってはくれない。おまけに彼はこちらに断るどころかちらりと振り向くこともなく、いきなり背もたれを大きく倒した。私の存在に気づいていないようだからしかたないのだが、振動でプラカップが落ちそうになり、ちょっと腹が立った。

いかんいかん。手のなかのワインボトルに目を向ける。せっかくの新幹線呑み、気を取りなおして楽しまなくては。――と思った矢先、前の席から話し声が聞こえてきた。男性が電話をしているのだ、ご遠慮くださいとアナウンスがあったにもかかわらず。しまりの悪い口元から垂れ流すようなしゃべり方で、しかもいらだっている様子なのが、なんとなく癇《かん》に障る。いや、意識してはいけない。耳に蓋をして、私は私の楽しみに集中すべきだ。

「だったらいっそ皆殺しにしちゃえよ」

できるかぎり聞かないようにしていたのに、その物騒な言葉ははっきりと耳に飛びこんできた。私はキャップをひねりかけていた手を思わず止めて、前の席を見た。背もたれを大きく倒しているせいで男性の頭は見えない。窓のカーテンを閉めているのでガラスに映った姿も見えない。だが口調から顔つきは想像できた。彼は冗談を言っているのではない。

「ばあさんはおまえを信用しきってたんだろ。だから言いなりにほいほい金を出してたわけだ。なのにここへ来て急に出し渋るなんて、そのクソ息子かクソ嫁がよけいなことを言ったに決まってる」

老人をカモにした詐欺――脳が勝手に状況を導き出す。この男性は犯罪グループの一員で、電話の相手は手下だ。手下は老女を丸めこんで金をだまし取っていたが、気づいたか相談されたかした息子夫婦があやしんで止めた。

「ばか、あの家にはまだまだうなるほど金があるんだ、みすみす見逃せるか。めんどくせえから、いっそのこと皆殺しにして取ってこいって言ってんだよ。よぼよぼのババアと、メタボのおっさんおばさん、それになまっちろい中年の孫だったか？　何人かで夜中に押し入りゃ簡単だろ。ガイジンのしわざに見せかけりゃいい」

妄想だ。私は自分にそう言い聞かせた。きっとなにかの勘違いだ。あるいはこの男性は小説家で、作品の話をしているのかもしれない。俳優で、台詞《せりふ》の練習をしているのかも。

そうだ、そうに違いない。殺人なんてめったにあるもんじゃない。

私はワインボトルに目を向け、意識もそちらへ向けようとした。やや辛口で、アルコール度数は十二パーセント。ぶどうは大阪産のデラウェア百パーセント。さわやかな香りで口当たりがよく、冷やして飲むのがおすすめで、大阪名物のソースや揚げ物とも相性がいいと売り場には書いてあった。だからそういうつまみを選んだのだ。味の組み合わせを想像して選ぶのも楽しい。みたらし団子との相性は未知だが、合わなかったら合わなかったでまた一興。ワインの香りと味を思い描く。口のなかにつばが湧いてくる。そうそう、こうでなくちゃ。

私はキャップをひねろうとして、しかしまたもや失敗した。背もたれ一枚隔てた男性の声が、私の動きを止めさせた。

「だまされるほうが悪いんだよ。金を取られるのも殺されるのもばかだからだ。自業自得だろ。ババアにいたっては、ボケたり病気になったりする前に苦しませずに一瞬で死なせてやろうっていうんだから、むしろ親切ってもんだ。ボランティアだよ。あ、金もらうからボランティアじゃねえか」

男性が軽薄な笑い声をたてたとき、私はワインボトルをそっとテーブルに戻した。

私はおばあちゃんっ子だった。この男は悪だ。絶対的に、間違いなく、問答無用で悪だ。少なくとも私にとっては。

私はみたらし団子を一本取り、口いっぱいにほおばって食べた。ワインに合うかどうかはやはり謎だが、もちもちで香ばしくて甘じょっぱくてとてもおいしい。たちまち裸になった串の尖《とが》った先端を、指先でつつく。

小一時間後、こだまは名古屋駅に到着した。私は手つかずのワインとつまみを持って降車した。楽しみにしていた新幹線呑みだったが、すっかり水を差されてしまったし、ほかにやるべきこともできたので次の機会に持ち越しだ。

夜の町を歩いてひとり暮らしのアパートに帰り、ぬるくなったワインを冷蔵庫にしまう。代わりにちょっと贅沢《ぜいたく》なビールを出し、テーブルにつまみと、一本減ったみたらし団子を広げる。新幹線ではないが、ひとり宴会の仕切り直しだ。

テレビをつけてニュース番組をかけた。しばらく見ていると、目当てのふたつのニュースが流れた。大阪である企業の取締役が急死したというニュース。それから、東海道新幹線こだまの車内で乗客の男性が不審死したというニュース。どちらも私のしわざだ。

依頼を受けてだれかの命を奪うことで、私は生計を立てている。俗に言う――そして私はこの言い方がけっこう好きだ――殺し屋というやつ。そんなもの実在するわけがないとたいていの人は思っているが、実在するのだ。仕事の手法はいろいろで、たとえば今日の新幹線のケースではみたらし団子の串を使ったのだが、そのやり方もやはりたいていの人にはありえないと思われるだろう。もちろん明かすわけにはいかないが。

もっとも、新幹線のあれは仕事ではなかった。原則として仕事以外の殺しはやらないことにしているが、今日はルールを破ってしまった。まあ、たまにはそういうこともある。何事もストイックになりすぎると続かない。ばれなければいいのだ。そしてその点には自信があった。長いことこの仕事をやっているせいで、日常的に感情を隠し気配を消すのが無意識の癖になっている。私を見かけたりちょっと接したりしただけの人は、私の性別も年恰好《としかっこう》もまったく覚えていないことに気づくはずだ。車掌も死んだ男も私の存在さえ認識していなかったように。さらにあのときは、アルコールがミスを誘発するリスクを避けてあんなに楽しみにしていたワインも我慢した。

私は大きく伸びをして、冷えたビールをごくごくと喉に流しこんだ。

ぷはあ！

満足のいく仕事をつまみに呑む酒は、最高にうまかった。

本書は書き下ろしです。

この物語はフィクションです。作中に同一の名称があった場合も、
実在する人物、団体等とは一切関係ありません。

執筆者プロフィール一覧 ※五十音順

蒼井碧（あおい・ぺき）

一九九二年生まれ。上智大学法学部卒業。第十六回『このミステリーがすごい！』大賞・大賞を受賞し、二〇一八年に『オーパーツ　死を招く至宝』でデビュー。他の著書に『遺跡探偵・不結論馬の証明　世界七不思議は甦る』（以上、宝島社）がある。

浅瀬明（あさせ・あきら）

一九八七年、東京都生まれ。日本大学理工学部建築学科卒業。現在は書店員。第二十二回『このミステリーがすごい！』大賞・文庫グランプリを受賞し、『卒業のための犯罪プラン』（宝島社）で二〇二四年デビュー。

歌田年（うただ・とし）

一九六三年、東京都八王子市生まれ。明治大学文学部文学科卒業。出版社勤務を経てフリーの編集者、造形家。第十八回『このミステリーがすごい！』大賞・大賞を受賞し、『紙鑑定士の事件ファイル　模型の家の殺人』で二〇二〇年デビュー。他の著書に『紙鑑定士の事件ファイル　偽りの刃の断罪』『紙鑑定士の事件ファイル　紙とクイズと密室と』『ＢＡＲゴーストの地縛霊探偵』（以上、宝島社）がある。

岡崎琢磨（おかざき・たくま）

一九八六年、福岡県生まれ。京都大学法学部卒業。第十回『このミステリーがすごい！』大賞・隠し玉として、『珈琲店タレーランの事件簿 また会えたなら、あなたの淹れた珈琲を』（宝島社）で二〇一二年デビュー。同書は二〇一三年、第一回京都本大賞に選ばれた。同シリーズのほか、著書に『夏を取り戻す』（東京創元社）、『貴方のために綴る18の物語』（祥伝社）、『紅招館が血に染まるとき The last six days』（双葉社）、『下北沢インディーズ ライブハウスの名探偵』（実業之日本社）、『鏡の国』（ＰＨＰ研究所）などがある。

鴨崎暖炉（かもさき・だんろ）

一九八五年、山口県宇部市生まれ。東京理科大学理工学部卒業。現在はシステム開発会社に勤務。第二十回『このミステリーがすごい！』大賞・文庫グランプリを受賞し、『密室黄金時代の殺人 雪の館と六つのトリック』で二〇二二年デビュー。他の著書に『密室狂乱時代の殺人 絶海の孤島と七つのトリック』『密室偏愛時代の殺人 閉ざされた村と八つのトリック』（以上、宝島社）がある。

神凪唐州（かんなぎ・からす）

名古屋市生まれ。『異世界駅舎の喫茶店』（宝島社／Swind名義）にて第四回ネット小説大賞を受賞し、二〇一六年にデビュー。第二回日本ど真ん中書店大賞にて『大須裏路地おかまい帖 あやかし長屋は食べざかり』（宝島社）がご当地部門第二位に選出。

喜多南（きた・みなみ）

愛知県生まれ。『僕と姉妹と幽霊の約束』で二〇一一年デビュー。他の著書に『絵本作家・百灯瀬七姫のおとぎ事件ノート』『八月のリピート　僕は何度でもあの曲を弾く』『きみがすべてを忘れる前に』（以上、宝島社）などがある。

喜多喜久（きた・よしひさ）

一九七九年、徳島県生まれ。第九回『このミステリーがすごい！』大賞・優秀賞を受賞し、『ラブ・ケミストリー』で二〇一一年デビュー。他の著書に『猫色ケミストリー』『リプレイ2・14』『二重螺旋の誘拐』『研究公正局・二神冴希の査問　幻の論文と消えた研究者』『リケジョ探偵の謎解きラボ』『リケジョ探偵の謎解きラボ　彼女の推理と決断』『推理は空から舞い降りる　浪速国際空港へようこそ』「科警研のホームズ」シリーズ（以上、宝島社）、「化学探偵Mr.キュリー」シリーズ、「死香探偵」シリーズ（以上、中央公論新社）、「プリンセス刑事」シリーズ（文藝春秋）、「ヴァンパイア探偵」シリーズ（小学館）、『青矢先輩と私の探偵部活動』（集英社）、「動機探偵」シリーズ（双葉社）、『ビギナーズ・ラボ』（講談社）、『はじめましてを、もう一度。』（幻冬舎）などがある。

貴戸湊太（きど・そうた）

一九八九年、兵庫県生まれ。神戸大学文学部卒業。第十八回『このミステリーがすごい！』大賞・U－NEXT・カンテレ賞を受賞し、『そして、ユリコは一人になった』で二〇二〇年デビュー。他の著書に『認知心理検察官の捜査ファイル　検事執務室には嘘発見器が住んでいる』『認知心理検察官の捜査ファイル　名前のない被疑者』（以上、宝島社）がある。

久真瀬敏也（くませ・としや）

東京都清瀬市出身。山形大学理学部に入学後、北海道大学法学部に編入学・卒業し、新潟大学大学院実務法学研究科を修了。第十八回『このミステリーがすごい！』大賞・隠し玉として、『ガラッパの謎　引きこもり作家のミステリ取材ファイル』で二〇二〇年デビュー。他の著書に『両面宿儺の謎　桜咲准教授の災害伝承講義』『京都怪異物件の謎　桜咲准教授の災害伝承講義』『大江戸妖怪の七不思議　桜咲准教授の災害伝承講義』『陰陽師の呪い　桜咲准教授の災害伝承講義』（以上、宝島社）がある。

小西マサテル（こにし・まさてる）

香川県高松市出身、東京都在住。明治大学在学中より放送作家として活躍。現在、『ナインティナインのオールナイトニッポン』『徳光和夫 とくモリ！　歌謡サタデー』『笑福亭鶴光のオールナイトニッポンＴＶ』『明石家さんま オールニッポン お願い！　リクエスト』や単独ライブ『南原清隆のつれづれ発表会』などのメイン構成を担当。第二十一回『このミステリーがすごい！』大賞・大賞を受賞し、『名探偵のままでいて』で二〇二三年デビュー。他の著書に『名探偵じゃなくても』（以上、宝島社）などがある。

咲乃月音（さくの・つきね）

一九六七年、大阪府生まれ、プーケット在住。第三回日本ラブストーリー大賞・ニフティ／ココログ賞を受賞し、『オカンの嫁入り』（文庫化の際に『さくら色　オカンの嫁入り』に改題）で二〇〇八年デビュー。他の著書に『ゆうやけ色　オカンの嫁入り・その後』『僕のダンナさん』『オカンと六ちゃん』『ジョニーのラブレター』『私たちのおやつの時間』（以上、宝島社）がある。

佐藤青南（さとう・せいなん）

一九七五年、長崎県生まれ。第九回『このミステリーがすごい！』大賞・優秀賞を受賞し、『ある少女にまつわる殺人の告白』で二〇一一年デビュー。他の著書に「消防女子!!」シリーズ、「行動心理捜査官・楯岡絵麻」シリーズ、『嘘つきは殺人鬼の始まり　SNS採用調査員の事件ファイル』（以上、宝島社）、「お電話かわりました名探偵です」シリーズ（KADOKAWA）、「ストラングラー」シリーズ（角川春樹事務所）、「白バイガール」シリーズ、『犬を盗む』『一億円の犬』（以上、実業之日本社）、「絶対音感刑事・鳴海桜子」シリーズ（中央公論新社）などがある。

志駕晃（しが・あきら）

一九六三年生まれ。明治大学商学部卒業。第十五回『このミステリーがすごい！』大賞・隠し玉として、『スマホを落としただけなのに』で二〇一七年デビュー。他の著書に『ちょっと一杯のはずだったのに』『スマホを落としただけなのに　囚われの殺人鬼』『スマホを落としただけなのに　戦慄するメガロポリス』『スマホを落としただけなのに　連続殺人鬼の誕生』（以上、宝島社）、『令和　人間椅子』（文藝春秋）などがある。

新藤元気（しんどう・げんき）

一九九三年、愛知県生まれ。筑波大学大学院数理物質科学研究科修了後、科学捜査研究所に入所。現在は半導体メーカーに勤務。第二十二回『このミステリーがすごい！』大賞・隠し玉として、『科捜研・久龍小春の鑑定ファイル　小さな数学者と秘密の鍵』（宝島社）で二〇二四年デビュー。

蟬川夏哉（せみかわ・なつや）

一九八三年生まれ、大阪府出身。小説投稿サイト「小説家になろう」に投稿していた『邪神に転生したら配下の魔王軍がさっそく滅亡しそうなんだが、どうすればいいんだろうか』（アルファポリス）にて二〇一二年にデビュー。二〇一四年には『異世界居酒屋「のぶ」』が第二回「なろうコン大賞」に入賞。同シリーズは現在コミカライズ三本が連載中。また、二〇一八年にサンライズ制作でアニメ化され、二〇二〇年にWOWOWにて実写ドラマ化されシーズン3まで放映された。

鷹樹烏介（たかぎ・あすけ）

東京都生まれ。『ガーディアン　新宿警察署特殊事案対策課』で第五回ネット小説大賞を受賞し、二〇一八年デビュー。他の著書に『ファイアガード　新宿警察署特殊事案対策課』『警視庁特任捜査官 グール』『警視庁特任捜査官グール 公安のエス』（以上、宝島社）がある。

高野結史（たかの・ゆうし）

一九七九年、北海道生まれ。宇都宮大学卒業。第十九回『このミステリーがすごい！』大賞・隠し玉として、『臨床法医学者・真壁天　秘密基地の首吊り死体』で二〇二一年デビュー。他の著書に『満天キャンプの謎解きツアー　かつてのトム・ソーヤたちへ』『奇岩館の殺人』（以上、宝島社）がある。

塔山郁（とうやま・かおる）

一九六二年、千葉県生まれ。第七回『このミステリーがすごい！』大賞・優秀賞を受賞し、『毒殺魔の教室』で二〇〇九年デビュー。他の著書に『悪霊の棲む部屋』『ターニング・ポイント』『人喰いの家』『F　霊能捜査官・橘川七海』『「舌」は口ほどにものを言う　漢方薬局てんぐさ堂の事件簿』「薬剤師・毒島花織の名推理」シリーズ（以上、宝島社）がある。

友井羊（ともい・ひつじ）

一九八一年、群馬県生まれ。第十回『このミステリーがすごい！』大賞・優秀賞を受賞し、『僕はお父さんを訴えます』で二〇一二年デビュー。他の著書に『ボランティアバスで行こう！』「スープ屋しずくの謎解き朝ごはん」シリーズ（以上、宝島社）、『さえこ照ラス』『沖縄オバァの小さな偽証　さえこ照ラス』（以上、光文社）、『向日葵ちゃん追跡する』（新潮文社）、『スイーツレシピで謎解きを』『映画化決定』（以上、集英社）、『魔法使いの願いごと』（講談社）、『無実の君が裁かれる理由』（祥伝社）、『100年のレシピ』（双葉社）などがある。

猫森夏希（ねこもり・なつき）

一九八九年、福岡県生まれ。福岡大学卒業。アニメーション制作会社を退社後、執筆活動に専念。第十七回『このミステリーがすごい！』大賞・隠し玉として、『勘違い　渡良瀬探偵事務所・十五代目の活躍』で二〇一九年デビュー。他の著書に『ピザ宅配探偵の事件簿　謎と推理をあなたのもとに』（以上、宝島社）がある。

柊サナカ（ひいらぎ・さなか）

一九七四年、香川県生まれ。第十一回『このミステリーがすごい！』大賞・隠し玉として、『婚活島戦記』で二〇一三年デビュー。他の著書に『人生写真館の奇跡』『古着屋・黒猫亭のつれづれ着物事件帖』『一駅一話！ 山手線全30駅のショートミステリー』「谷中レトロカメラ店の謎日和」シリーズ『3分で読める！ ミステリー殺人事件』（以上、宝島社）、「機械式時計王子」シリーズ（角川春樹事務所）、「二丁目のガンスミス」シリーズ（ホビージャパン）、「天国からの宅配便」（双葉社）、『お銀ちゃんの明治舶来たべもの帖』（ＰＨＰ研究所）、『ひまわり公民館よろず相談所』（ＫＡＤＯＫＡＷＡ）などがある。

深沢仁（ふかざわ・じん）

第二回『このライトノベルがすごい！』大賞・優秀賞を受賞し、『R.I.P. 天使は鏡と弾丸を抱く』で二〇一一年デビュー。他の著書に『睦笠神社と神さまじゃない人たち』（以上、宝島社）、『この夏のこともどうせ忘れる』『渇き、海鳴り、僕の楽園』（ポプラ社）、『眠れない夜にみる夢は』（東京創元社）などがある。二〇二四年十一月下旬に『ふたりの窓の外』（東京創元社）刊行予定。

降田天（ふるた・てん）

鮎川颯（あゆかわ・そう）と萩野瑛（はぎの・えい）の二人からなる作家ユニット。第十三回『このミステリーがすごい！』大賞・大賞を受賞し、『女王はかえらない』で二〇一五年にデビュー。他の著書に『匿名交叉』（文庫化に際して『彼女はもどらない』に改題)、『すみれ屋敷の罪人』(以上、宝島社)、『偽りの春　神倉駅前交番　狩野雷太の推理』(表題作「偽りの春」で第七十一回日本推理作家協会賞短編部門を受賞)、『朝と夕の犯罪 神倉駅前交番 狩野雷太の推理』(以上、KADOKAWA)などがある。

三日市零(みっかいち・れい)

一九八七年、福岡県出身、埼玉県在住。慶應義塾大学卒業。第二十一回『このミステリーがすごい!』大賞・隠し玉として、『復讐は合法的に』で二〇二三年デビュー。他の著書に『復讐は芸術的に』(以上、宝島社)がある。

宝島社
文庫

3分で読める！ 一日の終わりに読むお酒の物語
（さんぷんでよめる！ いちにちのおわりによむおさけのものがたり）

2024年11月20日　第1刷発行

編　者　『このミステリーがすごい！』編集部
発行人　関川 誠
発行所　株式会社 宝島社
〒102-8388　東京都千代田区一番町25番地
電話：営業 03(3234)4621／編集 03(3239)0599
https://tkj.jp
印刷・製本　中央精版印刷株式会社

Printed in Japan
ISBN 978-4-299-06109-6

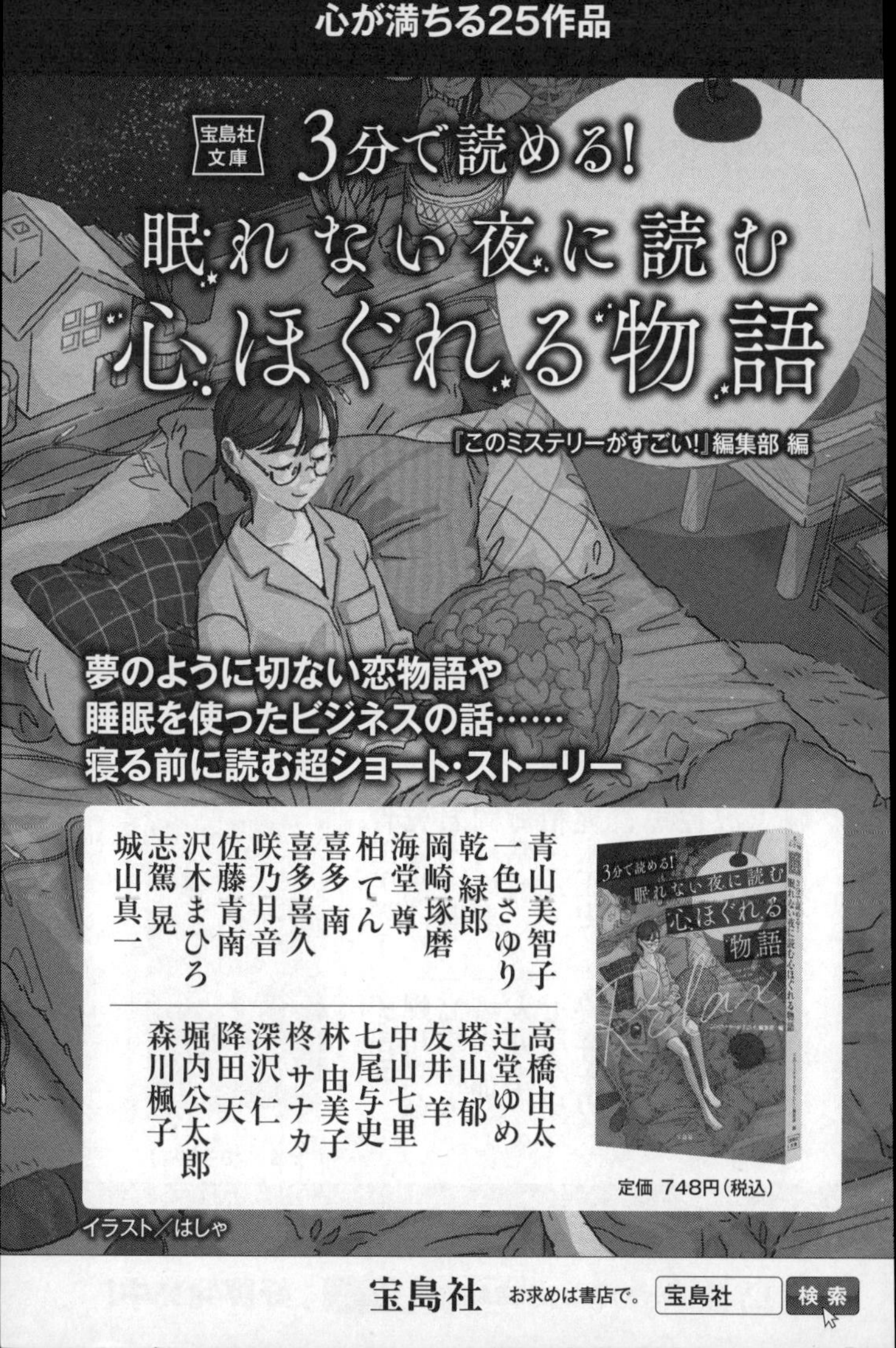
心が満ちる25作品
宝島社文庫
3分で読める!
眠れない夜に読む心ほぐれる物語
『このミステリーがすごい!』編集部 編
夢のように切ない恋物語や
睡眠を使ったビジネスの話……
寝る前に読む超ショート・ストーリー
青山美智子
一色さゆり
乾 緑郎
岡崎琢磨
海堂 尊
柏てん
喜多 南
喜多喜久
咲乃月音
佐藤青南
沢木まひろ
志駕 晃
城山真一
高橋由太
辻堂ゆめ
塔山 郁
友井 羊
中山七里
七尾与史
林 由美子
柊サナカ
深沢 仁
降田 天
堀内公太郎
森川楓子
定価 748円(税込)
イラスト/はしゃ
宝島社
お求めは書店で。
宝島社
検索